KB235536

The Seed

시드

김형신
퓨전 판타지 소설

FUSION FANTASTIC STORY

시드 4권

김형신 판타지 장편 소설

초판 1쇄 찍은 날 § 2009년 8월 12일
초판 1쇄 펴낸 날 § 2009년 8월 18일

지은이 § 김형신
펴낸이 § 서경석

편집장 § 문혜영
편집책임 § 정서진
편집 § 주소영

펴낸곳 § 도서출판 청어람
등록번호 § 제1081-1-89호
등록일자 § 1999. 5. 31
어람번호 § 제2-1065호

주소 § 경기도 부천시 원미구 심곡2동 163-2 서경B/D 3F (우) 420-822
전화 § 032-656-4452 팩스 § 032-656-4453
http://www.chungeoram.com
E-mail § eoram99@chollian.net

© 김형신, 2009

ISBN 978-89-251-1896-3 04810
ISBN 978-89-251-1794-2 (세트)

김형신 퓨전 판타지 소설
FUSION FANTASTIC STORY

THE 시드 SEED

4 |바람이 되어|

청람

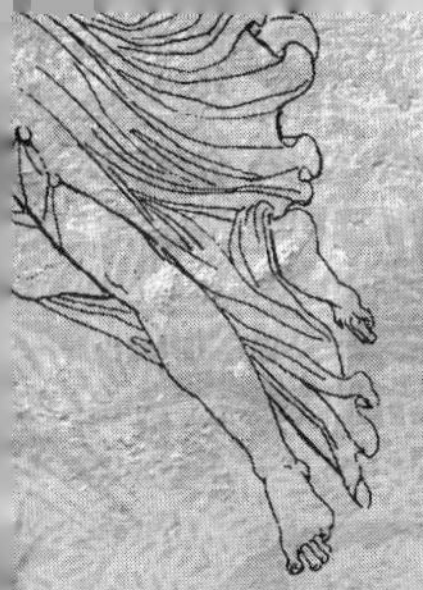

Contents

CHAPTER 01
대결

"시드님!"

"어머! 시드다!"

"시드! 나야, 나! 나스크! 알아보겠어?"

시드의 등장과 함께 모두의 시선이 그에게로 쏠렸다.

벨케와 에스는 물론 마을의 쵸인족과 사람들 역시 어리둥절한 얼굴로 번갈아 바라봤다.

조금 전 찾아와 난동을 피우던 저들과 아는 사이란 말인가?

"오랜만이군요."

시드는 씁쓸하게 웃으며 말했다.

페이리와 스로우는 이미 본 적이 있지만, 아네뜨와 나스크는 그날 이후 처음으로 만났다.

나스크 같은 경우는 함께 지낼 때 멀지 않은 사이였기에 반가운 마음도 들었다.

하나… 마냥 만남을 기뻐할 수는 없었다.

그들이 찾아온 이유를 너무도 잘 알기 때문이다. 자신은 다시 거절할 테고.

스윽.

시드는 시선을 돌려 스로우를 쳐다봤다. 그 역시 시드를 바라보고 있었다.

그 눈동자에는 여전히 갈등이 가득 담겨 있었다. 아직 해답을 찾지 못한 것이다.

"시드, 무슨 일이야? 어? 너희들은!"

뒤늦게 용병들과 함께 도착한 벨트라가 숨을 채 고르기도 전에 페이리와 스로우를 발견하고 긴장을 머금었다.

모든 진실을 알기에 저들이 시드와 악감정이 없다는 사실은 알지만, 그들은 리스네의 명을 따랐다.

언제 자신들의 목숨을 노리게 될지 알 수 없었다.

"걱정하지 마. 시드의 정체를 알게 됐으니 이제 싸울 일 없어."

용병들을 쳐다보며 실소를 흘린 페이리가 말했다.

동시에 몇 걸음 앞으로 시드에게 다가갔다.

"시드, 리스네가 기다려. 같이 가자."

시드는 페이리를 빤히 쳐다봤다. 그녀는 당연히 같이 가리라 믿는 것 같았다.

표정에서 비치는 자신감이 그렇게 말하고 있었다.

하지만 시드의 대답은 스로우에게 했던 말과 다르지 않았다.

"나는 안 가."

"어어?"

페이리가 두 눈을 깜빡거리며 되물었다. 예상치 못한 대답에 당황스러웠다.

시드와 리스네는 꽤 좋은 관계였다. 아직 찾고 있는 것만 봐도 리스네가 시드한테 얼마나 큰 관심이 있는지 잘 보여줬다.

"리스네는 네가 사라진 이후 계속 찾았어. 그런데 왜 안 간다는 거야?"

"이유는… 말할 수 없다."

스로우는 믿을 수 있었다. 한데 페이리는 달랐다.

만약 그녀가 알게 된다면 리스네에게 당장 알릴 것이다. 그뿐 아니라 믿어주지도 않을 테고.

아니, 진실을 안다 할지라도 상관하지 않을 여자였다.

"이유가 뭐야? 응? 너를 찾아 모두가 여기까지 왔는데… 영문도 모른 채 갈 순 없잖아."

아네뜨가 걱정스러운 얼굴로 조심스럽게 물었다.

"그래. 너는 우리가 안 반가워? 리스네 공작님을 만나고 싶지 않아?"

나스크 역시 초조한 얼굴로 시드에게 다가가 말했다.

만나기만 하면 모든 일이 잘 풀릴 것이라 믿었다.

나스크로서는 시드의 태도가 도저히 이해되지 않았다.

리스네는 이제 공작이 됐다. 그 누구도 함부로 할 수 없는 권력과 부까지 가졌다.

그런 리스네와 함께한다면 절대 시드로서는 손해 볼 일이 없었다.

물론, 마탈 급의 실력자인 시드이기에 다른 누군가에게 기댈 이유가 전혀 없지만… 그 부분을 제외하더라도 모른 척하고 지낼 사이는 아니었다.

"죄송합니다. 저는 갈 수 없습니다."

시드는 단호한 얼굴로 나스크에게조차 딱 잘라 말했다.

동시에 소름이 돋으며 고개를 옆으로 꺾었다.

살기, 은연중에 송곳 같은 살기가 파고들어 와 찔러댔다.

절대 좋은 목적으로 자신을 찾아온 것이 아니라고 말해주는 차가운 살기였다.

벨케를 제외하고는 아무도 알아차리지 못한 것을 보니 자신에게만 보낸 것이었다.

'그러고 보니……'

블스와 니콜을 만났을 때 들었다.

가면의 남자가 혹시 카란이 아닐까 하고 생각했었다고.

물론, 결과적으로는 그럴 확률이 희박하기에 의구심을 지웠다고 했지만 말이다.

"저를 아십니까?"

시드는 그를 향해 물었다.

어떤 이유인지는 알 수 없지만… 만약 정말 그가 카란이라면 자신을 몰라볼 리 없었다.

그러나 가면의 남자는 아무런 대답도 하지 않은 채 바라만 볼 뿐이었다.

'하긴……'

만약 카란이라면 자신한테 그토록 살벌한 기운을 내뿜지 않았을 것이다.

한데, 가면 속에서 보여지는 두 눈동자가 왠지 낯익었다.

항상 웃음과 함께 따스하게 바라보던 카란의 눈과 닮아 있었다.

단 한 번도 저렇게 차가운 눈빛을 띤 적이 없어 확신은 할 수 없지만 비슷하다는 느낌을 지울 수 없었다.

'확인을 해봐야 하나.'

가면을 벗긴다면 확실히 알 수 있을 것 같다.

하지만 지금 자신을 향한 적의를 보면 순순히 벗어줄 것 같지 않았다.

실력으로 하자니 싸우지 않아도 알 수 있었다. 자신보다 강하다는 사실을.

그렇다고 이대로 포기할 수도 없는 노릇이고.

'벨케님이라면……'

시드는 힐끔 벨케를 쳐다봤다.

그는 에스와 함께 상황을 주시하고 있었다.

마을 사람들은 멀찍이 떨어진 상태였다. 라인이 만약을 대비해 안전한 곳으로 이동시킨 것이다.

시드는 벨케가 벨라케라고 확신했다.

비슷한 이름도 그랬지만, 그보다 중요한 것은 그의 실력이었다.

카란보다 강하다고 확신하게 된 유일한 존재!

그런 실력자라면 과거 사라졌다는 마탈 급 초인족 벨라케밖에 없을 것이니.

그라면 실력으로 남자의 가면을 벗겨낼 수 있을 것이다.

"저를 원하십니까?"

"시드님?"

뜬금없는 시드의 질문에 스로우가 고개를 갸웃거리며 물었다.

물론 자신들은 시드를 데려가기 위해 찾아온 것이었다. 리스네의 명령이 그랬으니.

하나 시드의 지금 발언은 그와는 다른 의미 같았다.

끄덕.

그러자 가면의 남자가 고개를 끄덕였다.

그가 받은 임무는 스로우와 달랐다. 시드를 죽이는 것이었다.

가능하다면 아무도 모르게 죽여야 했고, 쉽지 않을 듯했지만 그런 부분들을 따질 상황이 아니었다.

지금 놓친다면 또 언제 다시 찾게 될지 모른다.

더불어 훗날 기회를 다시 노린다 해도 지금과 상황이 다를 것이라 확신할 수도 없었다.

"그렇군요. 여러분들도 같은 생각이신가요?"

시드가 웃음 띤 얼굴로 둘러보며 묻자 페이리가 어깨를 으쓱했다.

"어쩔 수 없어. 우리는 너를 데리고 가야 하니. 이런 상황은 예상하지 못했지만… 안 간다면 힘으로라도 데리고 갈 수밖에."

페이리가 아쉬운 어투로 말했다.

하지만 그 속에는 내심 즐거움이 가득했다.

시드란 사실을 알게 되어 초인족 소녀한테 갚아줄 수 없다는 사실이 화가 났었는데, 분풀이를 할 수 있게 됐다.

더군다나 시드가 자초한 일이니 문제가 되지도 않을 테고 말이다.

"알겠습니다. 단 쉽지 않을 것입니다."

시드에게서 웃음이 사라지며 마나가 끓어올랐다.

그와 함께 폭풍전야의 고요함이 모두에게 휘몰아쳤다.

"너희들은 나설 필요가 없겠군."

긴장된 흐름을 깬 것은 다름 아닌 에스였다.

어린 소녀의 모습인 그녀는 짓궂음을 얼굴에 띄운 채 시멘 용병단에게 손짓해 쉬라는 뜻을 비쳤다.

그리고 아네뜨에게 다가가 손을 내밀었다.

"이 몸이 상대해 주지. 시드와 아는 사이라니 죽이지는 않으

마. 단… 개인적인 이유로 고약하게 대해주겠지만."

"으응?"

아네뜨는 기가 찼다.

이제 10살이 넘었을 법한 어린애가 반말을 하는 것도 모자라 마치 봐주는 것처럼 얘기하다니.

"그러면 난 이쪽을 맡도록 하지. 아직 저놈은 상대가 안 될 듯하니."

벨케가 가면의 남자를 바라보며 손을 풀었다. 그가 말한 저 놈이란 시드였다.

가면의 남자는 마음에 들지 않았지만 반대를 하지 않았다.

시드를 죽이기 위해서라도 어차피 부딪쳐야 할 상대였다.

"스로우님, 잘 부탁합니다."

한 명씩 상대가 정해지자 시드는 스로우에게 말을 건넸다.

그가 싸우고 싶어하지 않으리란 사실을 잘 안다. 아직 그 무엇도 알 수 없기에, 자신 역시 어찌해야 할지 모를 테니깐.

하나 안 싸울 수도 없을 것이다.

리스네의 의심을 받으면 진실을 알아내기 힘들어지니 말이다.

그렇기에 시드가 먼저 나서서 스로우의 짐을 덜어줬다.

그 뜻을 알아차린 스로우는 쓰게 웃으며 고개를 끄덕였다.

"샤인, 지지 마라."

페이리가 노리는 사람이 누구인지 잘 아는 시드이기에 샤인을 불렀다.

"히유!"

샤인이 주먹을 불끈 쥐며 몇 걸음 전진했다. 그러자 페이리의 입가에 진한 미소가 맺혔다.

"너는 이길 수 있어."

샤인의 머리를 쓰다듬으며 기운을 넣어준 시드는 긴 숨과 함께 나스크에게 시선을 줬다.

그는 5년이란 시간 동안 많이 발전해 있었다.

라탈 급 초급이 그 증거였다.

"시드… 꼭 이래야 해?"

나스크는 지금의 상황이 속상하다는 듯 슬픈 얼굴로 말했다.

시드는 자신이 라탈 급이 되는 데 도움을 준 존재였다.

직접적으로 가르쳐 준 것은 없지만 시드가 넌지시 했던 말이, 두터운 라탈 급의 문을 열게 된 데 한몫했다.

꼭 은인이 아니더라도 잠시나마 즐거운 시간을 함께한 시드와 싸우고 싶지 않았다.

안다. 자신 역시 다른 방법이 없다는 사실을.

리스네는 꼭 데려오라 했고, 시드는 가지 않겠다 하고 있으니.

그럼에도 이런 상황만큼은 피하고 싶었다.

"죄송합니다. 언젠가는 아시게 되리라 믿습니다."

시드는 그 말을 남긴 채 검을 꺼냈다.

스로우가 진실을 밝혀낸다면… 분명 믿을 수 있는 사람들과 함께 힘을 합칠 것이다.

그중에는 분명 나스크도 존재할 테고 말이다.

자신이 본 나스크는 짓궂고 다혈질이었지만, 믿음 하나만큼은 존중해 줄 만한 사내였으며, 은근히 정에 약하다는 사실을 지금의 모습에서 알 수 있었다.

"에휴, 당신은 내 몫이군."

그런 나스크에게 다가간 이는 우드였다.

웬만하면 빠지고 싶었으나 시드의 눈치에 어쩔 수 없었다.

대등한 실력의 둘이기에 서로한테 좋은 대결이 될 터였다.

"시, 시드… 우리는?"

그러자 뻘쭘해진 벨트라가 시드를 불렀다.

개개인은 저들에 비해 강하지 않지만 하나로 뭉치면 얘기는 달라졌다.

물론, 자신들까지 나설 필요가 없을 듯해도 가만히 구경만 하자니 난감했다.

"괜찮아요. 저희를 믿어주세요."

그런 벨트라에게 시드가 웃으며 말하자, 카네가 벨트라의 어깨를 툭툭 치며 뒤로 물러나게 했다.

"어쩌면 이것도 수업일지 모르지. 우리가 지금 해야 되는 것은 저들의 대결을 놓치지 않고 보며 배우는 것이네."

카네의 말이 끝나는 그 순간, 가면의 남자가 몸을 움직였다.

콰지직!!

시드조차 눈으로 따라가기 힘들 정도의 움직임으로 접근한 남자는 빠른 속도로 검을 내려쳤다.

그러나 벨케는 여유로운 움직임으로 그의 검을 막았다.

동시에 모두는 주춤거리며 뒤로 물러섰다.

둘의 마나가 실린 검이 부딪치자 폭발력으로 인해 견딜 수가 없었던 탓이다.

라탈 급에 오른 이들만이 힘겹게 견디며 눈을 떼지 못했다.

둘의 접전이 시작되자 짝을 맞춘 게 무색해질 만큼 모두는 그들만을 바라봤다.

마탈 급과 마탈 급의 대결은 흔히 볼 수 있는 일이 아니었다.

"이거 재미있는데?"

벨케가 진심으로 기쁜 듯 웃음을 터뜨리며 남자에게 얘기했다.

이토록 강한 상대를 만난 적은 몇 번 없었다. 90년 동안 살아왔고, 결투를 즐겼음에도 말이다.

그만큼 가면을 쓴 남자의 실력은 대단했다. 벨케 그조차도 가슴이 두근거릴 만큼!

마찬가지로 남자 역시 피가 끓어올랐다. 언제나 자신이 압도적으로 적을 눌렀다.

패배는 존재하지 않았으며 모두가 두려워했다.

한데… 지금은 자신이 그 입장이 된 상황이었다.

겁이 났다. 두렵다. 질지도 모른다는 불안감이 머릿속에서 휘몰아친다!

그런데 한편으로는 즐거웠다. 칼이 목젖에 닿았는데도 웃고 있는 것과 다름없었다.

한계를 시험해 볼 수 있는 실력자! 어쩌면 자신한테 패배를 안겨줄지도 모르는 상대!

그 사실 하나가 시드란 존재를 잊게 할 만큼 깊이 각인됐다.

콰아아앙!

둘의 마나가 허공에서 부딪치더니 세상이 빛으로 물들었다.

그 속에서 에스는 실소를 흘리며 혀를 내둘렀다.

"이건… 정말 괴물들의 싸움이군."

자신이라 할지라도 감히 끼어들 수 없는 접전이었다. 물론 승패는 정해져 있는 것과 다름없었지만.

"괘, 괜찮을까요?"

벨트라가 걱정스럽게 에스한테 물었다.

가면의 남자는 갑작스럽게 나타난 최강의 기사로 알려져 있다.

한편에서는 아폴레, 프리야 공작보다 강할지도 모른다는 소문이 있는 남자였다.

벨케의 패배를 예측하기는 힘들지만, 가면의 남자 역시 마찬가지였다.

그런 벨트라와 시멘 용병단의 걱정을 알던 에스는 시드에게 대답을 넘겼다.

"너도 그리 생각하냐?"

시드는 고개를 저었다.

가면의 남자는 강하다. 자신이 힘을 잃지 않았어도 이길 수 있다고 확신할 수 없는 상대였다.

하지만 벨케는 더욱 강했다.

"벨케님은 지지 않습니다."

"그래. 잘 아는구나."

에스가 냉소를 흘리며 킥킥댔다. 그러다 따분한지 길게 하품을 하다가 마나를 끌어올렸다.

"남 싸움 구경은 그만 해야겠지? 우리도 시작해 보자, 아가야."

그 말과 함께 아네뜨에게 돌진하는 에스.

그런 에스의 몸 주변에서는 어둠의 기운이 일렁거렸고, 아네뜨는 신음을 집어삼키며 다급히 보호 마법을 시전했다.

페이리가 공격에 치중한 타입이라면 아네뜨는 정반대였다.

그녀는 5년 전이나 지금이나 방어 마법에 뛰어난 실력을 발휘하는 마법사였다.

퍼! 퍼엉, 퍼어엉!

에스의 몸 주변에서 발사된 어둠의 구들이 아네뜨의 보호막에 부딪치며 연쇄적인 폭발을 일으켰다.

'마, 말도 안 돼!'

그 일격과 함께 아네뜨의 표정은 굳어졌다.

한순간의 공격과 수비였지만 라탈 급을 눈앞에 두고 있는 아네뜨는 알 수 있었다.

눈앞의 저 어린 소녀를 자신이 이길 수 없다는 사실을!

'하지만……'

아네뜨는 이를 꽉 깨물었다.

패배할 확률이 더 높았다. 그러나 겁이 난다고 피할 수 없는 노릇이었다.

"그대의 자비를 내려주소서!"

아네뜨가 마나를 끌어올리며 주문을 외우자, 그녀의 지팡이에서 눈이 아플 정도의 빛이 발생하더니 몸을 감쌌다.

보호 마법으로 그녀의 안전을 책임져 줄 것이다.

물론, 그녀의 마법 수준보다 더 큰 힘이 부딪친다면 깨지겠지만.

그런 다음 아네뜨는 공격 마법들을 시전하며 에스를 압박해 들어갔다.

하나 에스는 그 와중에도 외형과 어울리지 않는 비릿한 웃음을 지우지 않았다.

"아가야, 너에게 새로운 세상을 알려주마. 자, 빠져들어라!"

에스가 순식간에 주문을 외운 뒤 두 눈동자를 크게 떴다.

맑은 눈동자는 순식간에 붉어졌고, 또 시커메졌다.

그런데 눈동자를 바라본 아네뜨의 표정이 일그러지기 시작했다.

"아악! 아아악!"

그녀의 입에서 비명이 터져 나왔다.

아무것도 없는 허공에 손을 내뻗고 휘저었으며 바닥을 뒹굴

거리기도 했다.

에스의 환영 마법에 걸린 것이다.

짐승이었다. 지옥에서 올라온 타락한 짐승들이 사방에서 나타나 물어뜯기 시작했다.

공격, 방어 마법을 시전하며 어떻게든 막으려 했지만 짐승들은 영향을 받지 않는지 멈추지 않고 달려들었다.

환영 마법의 약점은 환영이란 사실을 깨닫게 되면 아무런 효력을 발휘하지 못한다는 점이다.

즉, 환영이란 사실을 알아차리지 못한다면 혼자 지쳐서 쓰러지게 된다.

정신이 데미지를 입으면서.

그리고 아직 실전 경험이 부족하고, 더군다나 흔치 않은 마녀와 싸우게 된 아네뜨는 그 사실을 미처 깨닫지 못했다.

결국 아네뜨는 홀로 점차 무너지기 시작했다.

에스의 가벼운 승리였다.

팽팽한 긴장감이 두 소녀 사이에서 흘렀다.

페이리는 검을 쥔 채 뜨거운 눈길을 내보냈고, 샤인은 변신과 함께 머릿속으로 자신을 제어해 나갔다.

아직 정신연령이 어린 샤인이었지만 시드와의 반복적인 수련을 통해, 전투에 임할 때만큼은 성숙해진 상태였다.

"죽이지는 않아, 죽이지는!"

페이리는 발언에 힘을 주며 샤인을 향해 달려갔다.

화르륵!

그런 페이리의 붉은 검에서 불꽃이 피어올랐다. 이곳으로 출발하기 전 리스네에게서 받은 마법검의 힘이었다.

"히유!"

샤인은 허공으로 높이 솟구쳐서 불꽃의 돌풍을 피했다.

그러자 샤인이 서 있던 곳에서 화염이 이글이글 타올랐다.

"어딜!"

퍼어엉!

페이리는 샤인이 허공에서 무시무시한 기세로 돌진하자 다급히 검을 들어 막았다.

마나가 끌어올려지자 불꽃이 타올랐고, 샤인의 기운이 가득 담긴 주먹과 부딪치며 마나의 폭발을 일으켰다.

'더… 강해졌어!'

뒤로 몇 걸음이나 물러나며 페이리는 입술을 잘근 깨물었다.

짧은 시간 몇 차례에 걸쳐 샤인과 겨루었던 그녀였다.

한데 만날 때마다 이전보다 월등히 뛰어난 실력을 선보였다.

수련을 거듭해 발전이 점차 느려지는 페이리와, 이제야 제대로 배우기 시작하며 빠른 속도로 성장하는 샤인의 차이였다.

"질 수 없다고!!"

페이리는 분노한 눈동자로 크게 고함을 질렀다.

이기고 싶었다, 정말 꼭 이기고 싶었다.

미천한 초인족 소녀한테 자신이 졌다는 게 자존심이 용납하지 않았다.

분명 다시 만나면 이길 수 있을 법한데, 그럴 때마다 조금씩 더 밀리는 자신한테 화가 났다. 인정하기 싫었다.

그로 인해 마르트 왕국에 도착해서도 쉬지 않고 수련을 했다.

다음에 만났을 때는 꼭 꺾기 위해서!

하지만… 똑같은 결과가 반복되고 있었다.

자신이 한 걸음 전진하면 그녀는 서너 걸음 앞서 나가고 있었다.

대등했던, 아니, 처음에는 자신이 앞섰으나 이제는 따라가기도 힘든 지경이었다.

그리고 지금은 서로의 기운이 부딪친 한순간으로 인해 격차를 더욱 뼈저리게 느꼈다.

'젠장, 젠장, 젠장!!'

페이리는 속으로 짜증을 토해내며 모든 힘을 검에 실어 담았다.

그녀의 전신에서 마나가 빠른 속도로 검을 향해 움직였다.

그럴수록 검에서 휘몰아치는 불꽃의 크기는 거세졌다.

곁에 서 있는 것만으로도 후끈거릴 정도!

열기로 인해 그 광경을 확인하게 된 스로우의 얼굴이 굳어졌다.

어쩔 수 없는 선택이었다. 어떻게든 시드를 데리고 오라는 리스네의 명령을 받았기 때문에.

그런데 지금 페이리는 너무나 흥분해 있었다.

지금의 기술은 제압이 아닌 죽이려 하는 것과 다름없었다!

"멈춰, 페이리!"

스로우는 다급히 페이리를 막아서기 위해 움직였다.

하지만 시드는 무심히 그 광경을 지켜봤다.

시멘 용병단이 피해를 입을 수 있는 위치에 있었지만, 에스가 함께 있으니 걱정하지 않았다.

그리고 샤인이라면 페이리와 진검 승부에서 지지 않으리라 확신했다.

푸슈웃!

페이리의 검이 위에서 아래로 세차게 그어졌다.

한발 늦은 스로우의 얼굴이 어둡게 물들었고, 라탈 급의 모든 이들은 마나를 끌어올려 자신과 주위를 감싸 안았다.

콰콰쾅!!

거대하고 짙은 원형의 불꽃!

그 불꽃에 샤인의 모든 힘이 담긴 주먹이 맞부딪쳤다.

동시에 주변의 무력한 생명들은 타들어가거나 소멸됐고, 불꽃의 폭발이 밤을 밝혔다.

사아아…….

불꽃이 희미해졌다.

시멘 용병단과 라인 등은 걱정스러운 시선으로 샤인을 찾았다.

그러다 곧 안도의 한숨과 함께 주저앉았다.

극도로 끓어올랐던 긴장이 순식간에 사라지자 몇몇의 다리에 힘이 풀린 것이다.

"히유!"

온통 검게 그을린 샤인이 힘들었는지 혀를 길게 내민 채 손을 번쩍 들며 소리를 냈다.

자신이 무사하고, 이겼다는 사실을 알리는 것이었다.

"잘했어."

시드는 그런 샤인의 머리를 쓰다듬어 줬다. 대견했다.

페이리의 방금 일격은 꽤 대단한 기운이 담겨 있었다.

그녀의 모든 힘도 이유였지만, 마법검의 능력도 한몫 보태졌기 때문이다.

하나 샤인은 그 힘을 이겨냈다. 큰 부상도 없이 말이다.

시간이 지난다면 더욱더 성장해 자신에게 큰 힘이 될 것이다.

'저놈 때문에 본체로 돌아가지도 못하고!'

우드는 시드를 힐끔 노려본 뒤 속으로 한숨을 길게 내쉬었다.

항상 꼬리가 나기만 하면 귀신같이 떼어가는 시드인지라, 현재 우드는 차라리 사람의 모습으로 싸우는 게 더 나았다.

그런데 지금과 같은 상황이 찾아오면 본체의 힘이 그리웠다.

"좀 하는데?"

"얼른 끝내도록 하지."

나스크는 우드의 말에 대답하며 마나를 끌어올렸다.

검이 보이지 않을 만큼 진한 빛이 형성됐다. 라탈 급에 오른 그의 실력을 잘 보여줬다.

그러자 우드는 긴장을 놓지 않으며 나스크를 주시했다.

본체라 할지라도 쉽지 않은 상대인데, 사람의 모습으로 싸워야 했다.

잠시라도 방심했다가는 돌이킬 수 없는 결과가 발생할 것이다.

'이러다 정말 제명에 못 살지……'

오로라의 왕이 되어 여자 오로라들의 사랑을 독차지하고 싶은 마음뿐이 없는데… 하루하루 피 말리는 싸움의 연속이었다.

"타하압!"

나스크가 빠르게 파고들었다.

하나 우드는 그 움직임을 놓치지 않았다.

이동 속도에 있어서는 메스토의 스텝으로 괴물 급인 시드에게 익숙해진 그였다.

보는 것 하나만큼은 자신있었다!

쉐에엑!

팔을 노리며 파고드는 칼날을 우드는 재빨리 피했다. 에스의 마법이 풀리며 몸놀림이 가벼워진 느낌이었다.

그와 함께 손에 기운을 실어 나스크의 가슴을 노렸다.

챙강!

하나 나스크의 검에 막히며 우드는 인상을 찌푸렸다. 마나가 실려 있어서인지 손에 묵직한 통증이 밀려왔다.

"이얏!"

나스크는 쉬지 않고 우드를 몰아붙였다.

그의 파격적이고 한 번, 한 번 벨 때마다 묵직한 힘을 싣는 검법은 맞부딪치자니 손해였다.

그렇기에 우드는 최대한 피하면서 나스크의 힘이 빠지기를 기다렸다.

하지만 나스크 역시 쉬운 상대는 아니었다.

아네뜨와는 달리 그는 실전 경험이 많은 기사였다.

우드가 대처가 아닌 회피를 선택하자, 타입을 바꾸며 기교로 몰아붙이기 시작했다.

그러자 피하기만은 어려워졌고, 우드 역시 작전을 변경했다.

"이크!"

가슴팍을 스쳐 가는 나스크의 검에 옷이 잘려 나가자 우드는 식은땀을 흘렸다. 그러나 여유를 부릴 시간은 존재하지 않았다.

나스크가 계속해서 파고들었기 때문이다.

'한 번에 끝내자!'

나스크의 검이 직선에서 찌르고 들어오자 우드는 다급히 고개를 숙이며 나스크의 품으로 파고들었다.

퍼어억!

나스크는 복부에 통증을 느끼며 중심을 잃었다.

그런 나스크의 몸 위에 앉은 형태가 된 우드는 진한 미소를 지으며 마나를 끌어올렸다.

나스크는 우드의 정체를 떠올리며 사색이 됐다.

만나기 전, 일행을 통해 오로라가 있다는 얘기를 들었었다.

"안녕!"

땀범벅이 된 우드가 입을 크게 벌렸다.

동시에 나스크는 검을 우드의 입과 자신 사이에 세우며 마나를 폭발시켰다.

그러자 우드의 입에서도 휘몰아치는 마나포가 발출됐고, 곧 둘의 기운은 하나가 되어 사방으로 뻗어나갔다.

"슬슬 마무리가 되어가네요."

시드는 여유로운 미소를 지으며 스로우를 바라봤다.

현재 상황은 누가 봐도 시드 쪽의 승리였다. 그럼에도 스로우 역시 미소를 지었다.

처음부터 알고 있었다. 자신들이 이길 수 없다는 사실을.

하나 페이리와 가면의 남자는 자신의 통제를 받지 않았다. 그렇다고 둘만 싸우게 내버려 둘 수도 없었다.

즉, 패배를 알면서도 마음 편안히 부딪친 것이다.

임무를 실패한다 할지라도 그냥 돌아가는 것과 할 수 있는 모든 것을 해본 뒤 돌아가는 것은 다르기 때문에.

"그런 듯하군요."

아네뜨와 페이리는 졌다.

나스크의 경우는 비겼다고 봐야 했다.

우드 역시 제대로 움직일 수 있는 상태가 아니었으니 말이다.

마지막으로 가장 큰 전력인 가면의 남자 역시 고전을 면치 못하고 있었고, 이기기는 힘들어 보였다.

믿을 수 없는 일이며, 상대의 정체도 알 수 없었지만… 스로우는 확신했다.

그리고 자신 역시 승부를 장담할 수 없다.

아니, 서로 죽일 생각이 없기에 승부가 나기는 힘들 것이다.

비슷한 실력을 갖춘 이들이 배려하면서 상대를 해야 하니.

"놀고 있을 수는 없겠죠?"

시드가 검을 꺼내며 묻자 스로우는 고개를 끄덕였다.

"플루닉은 제외했으면 좋겠습니다."

"저 역시 동감입니다."

스로우의 제안에 시드는 같은 뜻을 내보였다.

다른 그 어떤 힘의 도움도 받지 않고 실력만으로 겨루고 싶었다.

그 마음은 스로우 역시 다를 바 없을 것이다.

자신이 최선을 다할 수 있으며, 한계를 넘어설 수 있게 만들어주는 동등한 실력의 적!

적이기도 하지만 스승이 되기도 했다.

타타타탁!

먼저 움직인 것은 시드였다.

메스토의 스텝을 발휘해 섬광보다 빨리 스로우에게 접근했다.

스로우는 두 눈을 크게 뜨며 시드를 놓치지 않기 위해 노력했다. 이미 경험했었지만 여전히 따라가기 힘든 순간 속도였다.

콰지직!

둘의 검이 부딪치고, 서로는 잠시 움직임이 없었다. 힘 겨루기를 하고 있는 것이었다.

"오빠……."

그 광경을 걱정스레 지켜보던 메리아가 두 손을 꼭 쥐었다.

패배를 절대 생각할 수 없었던 시드였으나, 시드가 의식을 잃었던 그날 이후, 믿음보다 두려움이 먼저 일었다.

더군다나 지금 맞서고 있는 상대는 절대 시드가 쉽게 이길 수 없다는 사실도 잘 알고 있었다.

"시드님은 언제나 저를 자극시켜 주시는군요!"

시드는 방긋 웃으며 대답을 대신했다.

자극을 시키는 상대란 극찬이나 다름없었다.

"스로우님의 발전 역시 저를 쉬지 않게 만듭니다."

시드 역시 진심을 담아 마음을 전달했다.

만약 예전처럼 마탈 급이었다면 스로우를 신경 쓰지 않았을 것이다.

하지만 같은 라탈 급이 되었고, 전체적인 실력도 비슷해서 서로에게 자극이 됐다.

"하하, 이번에는 제가 이기도록 하죠."

스로우는 대결을 즐기는 듯 화통하게 웃으며 마나를 끌어올렸다.

지금 이 순간만큼은 리스네를 향한 의문과 고민들, 시드와 적이 될지도 모른다는 불안감이 떠오르지 않았다.

단지 시드와 검을 나눈다는 사실, 그 자체만이 기쁠 뿐이었다.

"죄송하지만… 저는 지는 것을 싫어합니다."

검을 떼고 시드 역시 마나를 끌어올리며 맞받아쳤다.

앞으로의 발전 가능성을 봤을 때 시간이 지날수록 자신이 스로우보다 우위에 설 것이 분명했다.

그렇다고 져줄 마음은 존재하지 않았다.

자존심 때문이 아닌, 상대에게 예의가 아닌 탓이다.

"그러면 겨뤄봐야겠죠! 하압!"

스로우는 막강한 힘이 맺힌 검을 내려쳤다.

시드는 메스토의 스텝을 밟으며 옆으로 피했다.

쩌어억!

부딪친 스로우의 힘으로 땅이 갈라졌다.

동시에 시드의 육체가 여럿으로 나뉘어졌다. 레폰의 기술이었다.

‘환영검!’

그와 함께 사방에서 휘몰아치는 시드의 수많은 검들!

모두가 환영처럼 보이지만 진짜인 그 검을 보며 스로우는 마나를 모았다가 한 번에 흩뿌렸다.

마치 수백 개의 꽃잎이 떨어지듯 흩날리는 작은 기운들이 시드의 환영검을 막아섰다.

“멋진데요?”

처음 보는 스로우의 기술에 시드는 감탄했다.

그러면서 방금 전 보게 된 광경을 머릿속에 각인시켰다.

자신의 방식으로 새로운 기술을 만들어내기 위함이었다.

“과찬이십니다. 시드님은 움직임이 더욱 좋아지셨군요.”

에스의 마법이 풀린 효과는 우드만 받은 게 아니었다.

시드 역시 이전보다 몸이 가벼워짐을 느끼며 더욱 빠르게 움직였다.

수련 기간이 짧아 일시적인 것일 수도 있으나 지금 당장은 도움이 됐다.

“이제 슬슬 끝을 내도록 하죠.”

시드는 시간을 계산하며 일격을 준비했다.

벨케로 인해 15분으로 제한이 늘어났지만 긴 시간은 아니었으며, 시간의 막바지까지 가면 스스로에게 좋을 일은 없었다.

“알겠습니다.”

스로우 역시 동의하며 힘을 끌어올렸다.

곧 둘의 일격이 하나가 되어 맞부딪쳤다.

"하아… 하아……."

"미, 믿을 수가 없어."

뒤늦게 정신을 차린 아네뜨가 가면의 남자를 보며 두 눈을 크게 떴다.

이때까지 그가 이토록 힘겨워하는 적은 처음이었다.

아니, 그 누구를 상대한다 할지라도 언제나 압도적으로 이길 것이라 믿었는데… 그 믿음이 깨져 버렸다.

세상은 너무나 넓었다.

"이제 돌아가야겠군."

자잘한 상처가 가득한 스로우도 그 광경을 지켜보며 한마디 했다.

시드와의 마지막 일격에서 승부를 내지 못한 채 스로우는 아직도 펼쳐지고 있는 가면의 남자의 사투를 지켜보고 있었다.

그러나 지독함마저 느껴지는 사투가 막바지에 이르렀다는 사실을 느낄 수 있었다.

가면의 남자는 강하다. 자신이 느꼈을 때는 프리야 공작과도 대등한 실력을 갖춘 자였다.

하지만… 정체를 알 수 없는 남자는 더욱 강했다.

이름조차 알 수 없지만 스로우는 확신했다.

저 남자는 대륙 전체에서도 이길 수 있는 사람이 없다고.

"대단히 재미있었다. 이제 끝을 내주마."

벨케는 여전히 여유로운 얼굴로 가면의 남자에게 말했다.

하나, 쉽지는 않았던 듯 그 역시 피로한 기색이 역력했다.

부릅!

그 말에 가면 속 남자의 두 눈동자가 차가운 빛을 발휘했다.

오로지 살의만이 가득한 눈빛! 그 눈동자에 벨케는 쓰게 웃었다.

타고난 건지, 아니면 세상이 만들어낸 것인지는 알 수 없지만 눈빛이 알려줬다.

위험한 존재라는 사실을.

'형님이 아닌 건가…….'

메리아의 곁에서 휴식을 취하며 둘의 접전을 지켜보던 시드는 고개를 갸웃거렸다.

분명 낯이 익은데 어떻게 보면 아닌 것 같기도 했다.

또한 카란이 사용하던 기술들을 전혀 쓰지 않았다.

만약 카란이 분명하다면… 자신이 알고 있는 기술이 하나 정도는 나올 법한데 말이다.

그렇지만 조금의 가능성도 포기할 수 없는 법이었다.

결국 시드는 벨케만 들을 수 있도록 자신의 부탁을 전했다.

"그의 가면을 부숴주세요."

벨케는 곁눈질로 시드를 쳐다봤다.

왜인지는 알 수 없지만 아무런 이유 없이 부탁을 할 놈이 아니란 사실을 잘 알았다.

곧 벨케에게 답변이 돌아왔다.

“좋아, 부숴주지. 단… 나를 부려 먹은 대가는 수련 때 톡톡
히 받아내마.”

“…….”

식은땀이 맺히는 시드!

도대체 자신이 뭘 부려 먹었단 말인가!

어차피 이길 싸움, 쓰러뜨리면서 가면만 부숴주면 되는 일
인데!

그러나 차마 따진다고 먹힐 사람도 아니기에 시드는 서글피
한숨을 내쉬며 얼른 가면이 부서지기를 기다렸다.

콰지지직!!

“커어억!”

가면의 남자가 피를 토해냈다.

벨케의 두터운 주먹이 옆구리에 박힌 것이다.

이미 지칠대로 지친 남자는 반항할 기운조차 없는 듯했다.

‘드디어…….’

시드가 보기에 가면의 남자는 공격할 힘조차 남아 있지 않
았다.

단지… 어디서 나오는지 알 수 없는 집념만이 끊임없는 고
통 속에서도 육체를 계속 일으켰다.

‘마을을 다시 지어야겠군.’

시드는 주위를 잠시 살폈다.

모두의 대결로 인해 주변은 한마디로 박살이 나 있었다.

특히, 마탈 급인 가면의 남자와 벨케의 주변은 아무것도 남

아 있지 않은 상태였다.

　마을 사람들은 둘의 싸움이 펼쳐지자 보이지 않는 곳으로 멀리 몸을 숨긴 상황이었다.

　실력이 뛰어나지 않은 이들도 많기에 둘의 힘을 견디지 못한 탓이다.

　"자… 얼굴 좀 보자."

　퍽! 트특!

　벨케의 마나가 가득 실린 주먹이 남자의 가면을 내려쳤다.

　그러자 가면에 금이 가기 시작하면서, 남자는 재차 피를 내뿜었다.

　그리고 재차 벨케의 주먹이 올라가는 그때였다.

　스파아앗!

　갑자기 마나의 흐름이 뒤틀리더니 마법진이 형성됐다.

　그와 함께 빛이 번쩍하는 순간… 한 여자가 모습을 나타냈다.

　그녀는 바로 리스네였다.

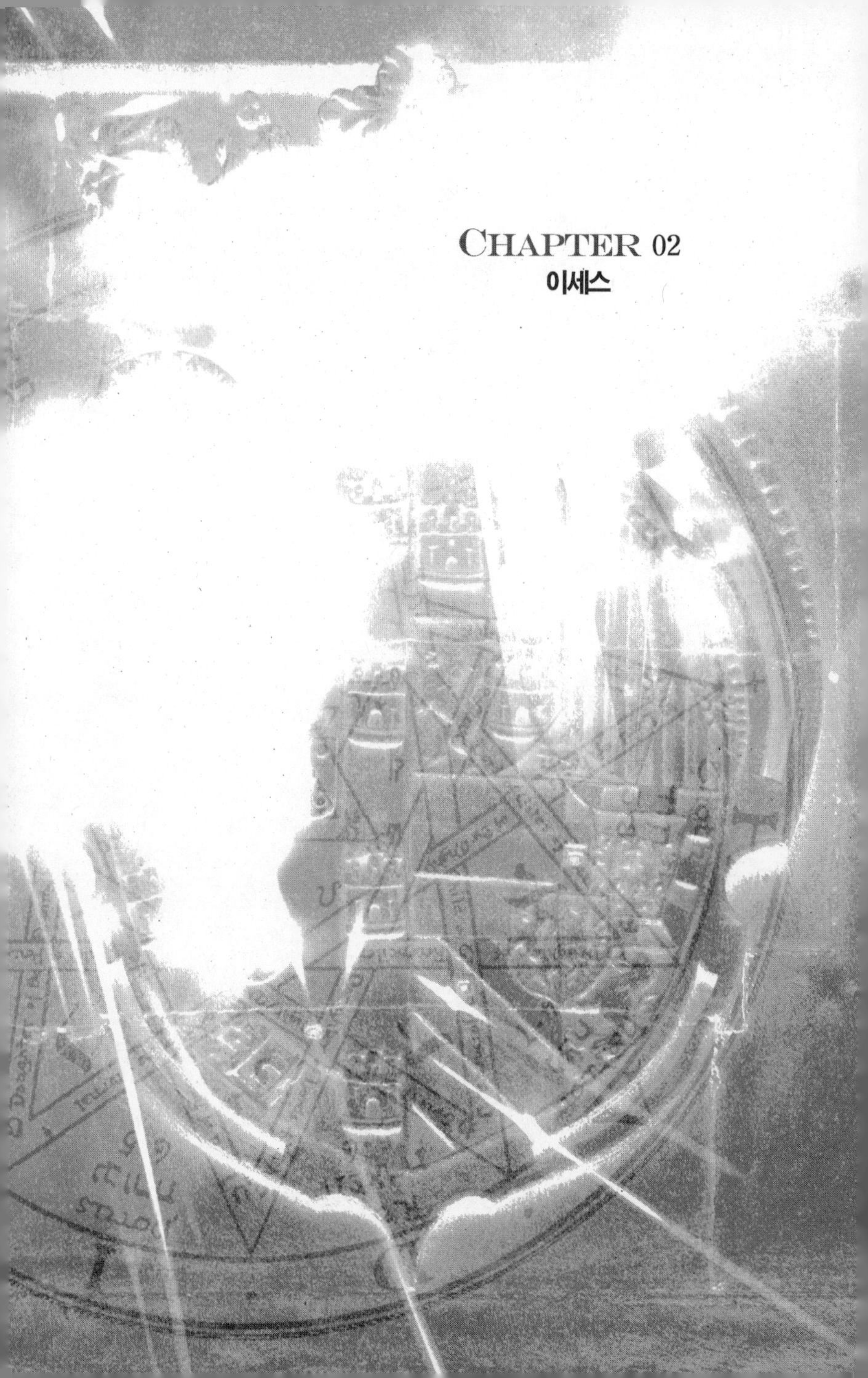

CHAPTER 02
이세스

"리스네······."

두 눈이 크게 떠진 시드는 믿을 수 없다는 듯 작은 목소리로 중얼거렸다.

그와 함께 벨케 역시 가면을 마저 벗기지 않고 고개를 들어 그녀를 쳐다봤다.

리스네! 그녀의 이름을 모르는 이는 이곳에 존재하지 않았다.

리샤르 왕국의 공작이자 이세스의 플루닉을 소유한 장본인!

"어머······."

흰색과 금색이 뒤섞인 화려한 로브를 입고 있던 리스네는 주위를 한 번 둘러본 뒤, 가면의 남자에게 다가갔다.

그녀는 안타까운 시선으로 그에게 회복 마법을 시전한 뒤 일행에게 양도했다.

그리고 의미를 알 수 없는 숨을 한 번 크게 내쉬더니 고개를 들어 누군가를 쳐다봤다.

그녀의 시선이 닿은 남자는 다름 아닌 시드였다.

"시드……."

"리스네……."

시드와 리스네가 서로를 바라봤다.

5년이란 시간이 흐르고 나서야 다시 만나게 된 둘.

리스네는 천사처럼 환하게 웃었고, 시드의 두 눈동자에서는 불꽃이 튀었다.

죽음에서 탈출하면서 이를 갈고 또 갈았다.

다시 만나게 된다면 절대 잊지 않고, 갚아주겠다고 다짐, 또 다짐했다.

하지만 아직은 아니었다. 그녀를 압도할 만한 힘은 물론, 세력도 보유하지 못했다.

그래서 마음과는 달리 이성이 시키는 대로 그녀를 피했다.

그런데… 여기서 만나게 될 줄이야.

아무래도 누군가가 리스네와 통신을 했을 것이다.

상황을 전해 들은 리스네는 자신이 오는 게 낫다는 판단하에 텔레포트 마법을 시전했을 것이고.

"오랜만이야."

"그렇군."

시드는 실소를 흘리며 대답했다.

뻔뻔하다. 자신의 앞에서도 연기를 하다니. 아니, 그동안 봐 온 리스네라면 충분히 이럴 수 있는 여자였다.

"네가 갑자기 사라진 이후 얼마나 너를 찾아다녔는지 아 니?"

"이런… 닥쳐! 어떻게 그런 말을!!"

리스네의 구토가 치미는 연기에 벨트라가 흥분을 참지 못하 고 소리쳤다. 하나 시드가 손짓으로 그를 말렸다.

그러자 잠시 싸늘해졌던 리스네의 눈빛이 언제 그랬냐는 듯 온순하게 돌변했다.

"무슨 얘기인지는 모르겠지만 저는 지금 시드와 대화 중입 니다."

말투는 정중했지만 끼어들지 말라는 경고였다.

"나는 너와 할 얘기가 없어."

"시드, 리스네한테 함부로 말하지 마라!"

"괜찮아, 페이리."

시드가 차갑게 대하자 영문을 모르는 페이리가 가시 돋힌 목소리로 소리쳤고, 이번에는 리스네가 그녀를 진정시켰다.

"아무래도 오해가 있는 것 같아."

따스한 미소를 지으며 한 걸음 다가오는 리스네. 시드는 씁 쓸하게 웃었다.

그녀는 5년 전에도 저와 같은 미소를 지었었다. 그녀와 자 신은… 서로에게 필요한 것을 얻는 누나, 동생이었다.

악마의 본성이 드러나기 전까지는.

'시드님… 리스네 아가씨…….'

그 둘의 모습을 한순간도 놓치지 않으며 스로우는 지켜봤다.

둘의 대화는 어쩌면 자신의 갈등에 해답을 찾아줄지도 몰랐다.

"우리는 그만 빠져 주지. 너의 일인 듯하니."

말없이 사태를 주시하던 벨케가 기지개를 켜며 말했다.

시드는 아쉬움이 들었지만 붙잡을 수 없었다.

처음에 분명 얘기했었다. 어떤 위험이 닥쳐도 자신은 돕지 않겠다고. 한데 이미 한 번 도움을 주었다.

그러니 더 이상 염치없이 부탁할 수 없었다.

"가지 않는 게 좋을 텐데?"

라인과 함께 벨케가 자리를 뜨려고 할 때, 에스가 능글맞게 웃으며 얘기했다.

벨케는 그녀가 같이 가지 않으려 한다는 사실을 잘 알고 있었다.

아폴레의 제자로 알려진 리스네를 만나 재미를 느끼고 있을 테니.

한데 지금의 발언은 예상외였다. 그녀가 자신을 붙잡는 경우는 거의 존재하지 않았다.

"그런가?"

"아마도."

"나랑 뭔 상관이야?"

"심심해질 텐데… 마음대로 하던가."

다른 이들은 뜻을 알 수 없는 말을 나눈 벨케는 잠시 턱을 매만지더니 어깨를 으쓱거렸다.

그리고 자리에 앉으며 시드를 향해 다시 애기했다.

"내가 귀찮아진다면 수련이 더욱 좋아질 거다. 크큭."

"……."

또다시 이어진 대놓고 협박!

시드는 앞으로의 수련을 떠올리니 눈물이 맺힐 것 같았지만 입은 웃고 있었다.

그가 함께 있다는 사실이 마치… 그리폰과 카란처럼 하염없이 든든했다.

"오해라, 어디가 오해일까?"

시드는 다시 리스네에게 시선을 고정시켰다.

5년 전보다 더욱 아름다워진 그녀에게서는 여성의 매력이 풀풀 풍겼으며, 미소는 더욱 유혹적이었다.

하나 시드에게는 그 모습마저도 추악하게 다가왔다.

"둘이 애기할 수 있을까?"

리스네가 주위를 한 번 둘러보며 말했다. 듣는 사람들이 너무 많다는 뜻이었다.

그렇지만 시드는 그녀의 바람을 들어줄 마음이 없었다.

"그때처럼 위험하기는 싫은데."

시드의 발언에 리스네는 영문을 모르겠다는 듯 쳐다봤다.

뒤에서 지켜보던 스로우는 긴장에 침을 삼켰다.

"스로우."

"네?"

그때 리스네가 갑자기 뒤를 돌아보며 그를 불렀다. 그런 리스네의 얼굴은 여전히 웃음을 띠고 있었다.

"모두와 함께 먼저 돌아가세요. 아무래도 단둘이 얘기를 나눠야 할 듯해요. 이 자리가 당황스러울 수 있을 테니. 그리고… 페이리에게 통신을 들어보니 잘못된 판단이었어요. 만약 시드와 일행이 다치기라도 했으면 어떻게 할 뻔했어요?"

시드는 쓰게 웃었다.

자신을 걱정을 하면서 그들을 돌려보내려 하고 있다.

즉, 그렇게 행동했으니 자신이 반감을 가지게 됐을지도 모른다는 질책이었다.

"하지만……."

스로우는 은연중에 시드의 눈치를 살폈다.

왠지 불안했다. 이대로 자신들이 돌아간다면 무슨 일이 벌어질 것 같았다.

"그렇게 하세요. 여러 사람이 들으면 안 될 말이라도 있는 듯하니."

스로우의 걱정을 파악한 시드가 말했다.

리스네의 볼살이 살짝 움찔거렸지만 아무도 알아차리지 못할 수준이었다.

"돌아가세요. 시드와 얘기를 하고 같이 갈게요. 오해는 풀리게 마련이니깐요."

리스네의 반복된 말에 스로우는 어쩔 수 없이 고개를 끄덕였다.

자신이 끝까지 여기에 있겠다고 고집을 피운다면 리스네의 의심을 받을 것이다.

또한, 모든 게 진실이라 할지라도 자신이 남는다면 해답의 그 어떤 실마리도 찾지 못할 게 분명했다.

"알겠습니다. 먼저 가보겠습니다."

"그렇지만 위험할지도 모르는데?"

스로우가 대답하자 페이리가 불만을 담아 말했다.

아무리 시드가 있다 할지라도 리스네 혼자 두고 가는 것이 마음에 걸렸다.

"괜찮아. 시드가 함께 있잖아."

"이세스가 함께 있어서겠지……."

시드의 비아냥에도 리스네는 태연함을 유지했다.

"알았어. 네가 그렇다면……."

페이리는 어쩔 수 없다는 듯 어깨를 으쓱거렸다.

"아, 이 아저씨는 어떻게 해?"

그런 페이리가 가면의 남자를 보며 묻자, 리스네는 자신과 함께 있다 돌아갈 것이라 대답했다.

"그러면 조심해서 돌아와. 뭔 일 있으면 알리고……."

아네뜨가 마지막 당부를 남기자 리스네는 환하게 웃으며 알겠다고 했고, 곧 스로우와 페이리, 아네뜨와 나스크는 주문서와 함께 모습을 갖췄다.

그러자… 리스네의 입가에서 미소가 사라졌다.

"이쯤 할게."

리스네가 도도한 얼굴로 고개를 들고 얘기했다.

처음 보는 이들도 있는 앞에서 그녀의 이런 표정은 드문 경우였다.

"그래. 그러는 게 좋겠어. 구역질이 나올 뻔했으니."

시드 역시 차가워진 눈길로 대답했다.

그녀가 이곳에 찾아왔고, 모두를 돌려보낼 때 예측할 수 있었다.

순순히 돌아갈 마음이 없다는 사실을.

그런 시드의 생각처럼 리스네는 여기에서 끝을 보리라 결심했다.

페이리의 통신을 전달받았을 때 믿을 수가 없었다. 그가 지고 있다니… 더군다나 그를 이긴 정체불명의 남자는 시드의 동료라는 것이다.

위험했다. 자신의 생각보다 더욱 위험했다.

하루하루가 지날수록 시드의 곁에는 새로운 인물이 나타나고, 시드의 힘이 더욱 커지고 있었다.

시드의 목적이 짐작되며, 예전으로 돌아갈 수 없는 지금 최대한 빨리 처치해야 했다.

그렇기에 리스네는 이상하게 보이리라는 사실을 알면서도

직접 찾아와 모두를 돌려보냈다.

겨우 얻게 된 이 기회를 절대 놓칠 수 없기에.

물론 오기 전 필요한 준비는 마쳐 놓고 말이다.

"사실 네가 살아 있다는 사실에 깜짝 놀랐어. 오랫동안 찾아 다녔지만… 제발 죽었기를 바랐거든."

"거, 미안하군."

부들부들.

실소를 흘리며 대꾸하던 시드는 자신의 손이 떨리는 것을 느꼈다.

그래서 쳐다보니 자신의 손을 붙잡고 있는, 메리아의 손이 떨고 있었다.

"괜찮아."

시드는 메리아를 진정시켰다.

화가 나고 분해서인지, 메리아의 두 눈동자는 붉게 충혈된 상태였다.

"여자 친구야? 그때는 여자란 존재를 거들떠보지도 않더 니… 시간이 흐른 만큼 너도 변했니?"

리스네가 재미있다는 듯 물었다.

"시간이 아닌 너와의 그날이 나를 변하게 하더군."

시드는 여자 친구를 부정하지 않았다.

진실은 아니지만 이 자리에서 동생이라고 설명할 이유가 없 었다.

메리아는 그런 시드의 속내를 눈치채면서도 은근히 기분이 좋아졌다.

"후후. 이제는 그 시간조차 없게 해줄게."

"여전히 배짱이 대단해."

시드는 여유를 부리면서도 머리를 빠르게 굴렸다.

만약 다른 사람이 저렇게 나왔다면 무시했을 것이다. 하지만 상대는 리스네였다.

그녀는 절대 지는 싸움을 할 사람이 아니었다.

자신의 힘이 넘치든 약하든 자신의 계획이 완벽하다는 확신이 들 때 움직였다.

그렇기에 왠지 모르게 불안했다.

분명 지금의 전력만 따지면 리스네는 절대 이길 수 없다.

이세스의 플루닉이 변수이기는 하지만 자신의 곁에는 벨케가 있었다.

벨케가 이세스의 플루닉을 맡고, 가면의 남자는 힘을 거의 소진했기에 현재는 큰 위험이 되지 않았다.

한데… 도대체 무엇을 믿고 저리 나온다는 것인가.

죽었으면 좋겠다는 등, 본심을 드러냈다는 것은 여기에 있는 모두를 없애겠다는 뜻과 다름없는데?

분명 무언가가 있었다, 그녀만 아는 무엇인가가.

"우리 사이에 긴말은 필요없겠지?"

그녀가 돌아서며 말했다. 그런 리스네는 상처를 치료받고 서 있는 가면의 남자에게 다가갔다.

스윽.

가면의 금이 간 곳을 잠시 매만지던 그녀.

그사이 시드는 일행을 둘러보며 갈등에 휩싸였다.

맞붙어야 할까, 아니면 달아나야 할까. 어쩌면 그녀에게 일찍 복수를 할 수 있는 기회인지도 모른다.

하지만… 반대로 예상치 못한 피해를 입게 될지도 모르는 일이었다.

"우드."

시드는 우드만 들을 수 있도록 말을 걸었다.

싸움이 시작되면 메리아는 자신의 몸을 지킬 힘이 없었다.

또한 우드도 지금 당장은 전력에 도움이 되지 않았다. 마나의 소비가 큰 탓이었다.

"메리아를 데리고 물러서 있어. 만약 위험하다면… 도망쳐라."

우드는 의아한 듯 시드를 쳐다봤다.

왜 위험하고 도망쳐야 된다는 말인가? 벨케와 에스도 있기에 절대 질 리 없을 텐데…….

하나 이때까지 허튼 말을 한 적이 없는 시드였다.

그렇기에 우드는 토를 달지 않고 메리아를 자신한테 이끈 다음 거리를 벌렸다.

메리아가 싫다고 반항했지만, 시드가 나서자 결국 순순히 뒤로 물러섰다.

"한 번 더 싸울 수 있겠죠?"

리스네가 가면의 남자에게 말했다.

동의를 구하는 것이 아니었다. 싸우라는 뜻이었다.

남자는 리스네의 말에 절대 복종인 듯 지친 상태이지만 생각할 시간도 갖지 않은 채 고개를 끄덕였다.

그 태도에 리스네는 흡족함을 얼굴에 비췄다.

그리고 곧 리스네가 주문을 외우기 시작함과 동시에 모두의 표정이 굳어졌다.

"크으윽!"

가면의 남자가 신음을 토해냈다.

그와 함께 에스의 얼굴이 찌푸려졌다. 못 볼 것을 본 듯한 모습이었다.

"스승을 닮아 지독한 계집이군."

에스가 혀를 내두르며 말하자, 시드가 의문에 싸인 얼굴로 물었다.

"무슨 뜻이죠?"

"지금 시전하는 저 마법은 금기된 마법 중 하나로 알고 있다. 마나를 복구시키는 것이지."

"마나를요?"

시드는 깜짝 놀랐다.

그런 마법이 있다면 무한으로 전투가 가능할 테고, 전쟁 등에서도 크게 활용될 수 있을 테다.

"그래, 단 대가가 따르지… 바로 생명을 소모하는 것이다."

"당연히……."

"시전을 받는 자의 생명이지. 한두 번이면 모르겠지만, 여러 번 사용할 경우… 목숨의 위험도 초래하고 말이야."

시드는 왜 금기시 됐는지를 알게 되자 눈을 찌푸리며 시선을 돌렸다.

"하아, 하아……."

남자의 입에서 거친 신음소리가 새어 나왔다.

꽤 고통스러운 듯 가면 속 눈동자 역시 일그러져 있었다.

하지만 곧 언제 그랬냐는 듯 처음 봤을 때처럼 무심한 눈길로 벨케를 쳐다봤다.

그는 알고 있다, 자신이 싸워야 할 상대가 누구인지.

"죄송합니다."

시드가 고개도 돌리지 않은 채 말했다.

이미 알아차렸지만 금기 마법까지 펼쳤다. 그녀에게 모두를 죽여야 될 이유가 또 하나 늘어났다.

누군가 살아남는다면 거짓으로 만들어진 좋은 이미지가 무너질 수 있으니깐.

"왠지… 쉽지 않을 듯합니다."

시드의 말이 무슨 뜻인지를 잘 아는 시멘 용병단은 긴장을 머금었다.

하나 내색하지 않으며 되려 시드를 위로했다.

"어떤 일이 생길지언정 그 누구도 자네를 원망하지 않을 것이네. 우리가 선택한 길이야. 염려 말게."

카네의 인자한 목소리가 들렸다.

"앞으로의 수련이 기대되는군."

"나도 다시 마법을 시전할 때는 무게를 더욱 늘려주지."

벨케와 에스가 짓궂게 말했다.

마음의 짐을 덜으라는 그들의 배려였다.

'최대한 빨리 끝내야 한다.'

시드는 따스함을 느끼며 자신의 회복된 마나를 체크하며 생각했다.

조금 전 스로우와 싸우며 힘을 사용했기에 재차 힘을 발휘할 수 있는 시간이 많지 않았다.

물론 오래 싸우지 않았기에 10분 정도는 힘을 사용할 수 있었다.

다만 문제는… 과연 10분 안에 끝날 것이냐는 점이지만.

"시드, 이제 축제를 열어볼까?"

리스네가 남자에게서 시선을 뗐다.

"피의 축제를 말이야……."

웃는 얼굴과 달리 소름끼치는 발언이었다.

*　　　*　　　*

마법의 왕국 리샤르 서쪽의 외곽 마을.

그곳에는 한 여관이 입소문을 타고 인기를 끌고 있었다.

그 여관이 알려지기 시작한 것은 크게 두 가지 이유였는데, 첫 번째는 아름다운 여인이 서빙을 하기 때문이었다.

얼굴도 예쁘고, 몸매도 남달리 훌륭한 그녀를 보기 위해서 찾는 이들이 있을 정도.

두 번째로는 바로 요리였다.

요리의 맛도 좋은 편이지만, 만들어지는 속도가 다른 곳과는 비교할 수 없었다.

그로 인해 미리 만들어놓고 파는 게 아니냐는 의혹도 있었지만 주방장이 요리하는 모습을 보여준 이후로는 그런 말이 사라졌다.

그로 인해 여관은 지나가는 이들은 물론, 일부러 찾아오는 사람들도 있어 언제나 사람이 많은 편이었다.

타타타탁!

여관의 주방에서 한 남자가 빠른 속도로 칼질을 하고 있었다.

겉으로 보기에도 크고 무거워 보이는 칼을 그는 잔상이 남을 정도의 움직임으로 고기를 다졌다.

일반적인 요리사라고는 믿을 수 없는 모습!

그뿐 아니라 마나를 이용해 불의 화력을 높이더니 다진 고기를 금세 익혔다.

"다 만들었어?"

주문받은 요리가 순식간에 완성됐을 때쯤, 한 여자가 요리가 나오는 입구로 나오더니 물었다.

그러자 덩치 큰 남자는 고개를 끄덕이며 요리를 내밀었고, 여자는 엉덩이를 살랑살랑 흔들며 요리를 들고 움직였다.

찾아오는 손님들이 대부분 남자였고, 자신으로 인해 오는 이들도 있다는 것을 알기에 단골 확보를 위한 엉덩이 움직임이었다.

끼이이익.

그때 한 쌍의 남녀가 문을 열고 들어왔다.

남자는 두 눈동자의 색이 달랐고, 머리카락 색이 황금빛이었으며, 여자는 붉은색 로브를 입고 있었다.

바로 블스와 니콜이었다.

그들이 이곳에 찾아온 이유는 지나가는 길에 들른 것이 아닌, 반가운 누군가를 만나기 위해 온 것이었다.

"어서 오세… 어머!"

검은 머리카락을 길게 기른 여자가 손님을 맞이하다 반색하며 소리를 질렀다.

"잘 있었어?"

블스가 그녀를 보며 씨익 웃더니 자리에 앉으며 말했다.

그들이 만나려 한 이들은 다름 아닌 이 여관의 주인이었다.

"미리 말씀이라도 해주시지. 잘 지내셨어요?"

"그래, 너희들도 별일 없지?"

"네, 물론이죠. 잠시만요. 그이를 불러올게요."

"아니야, 바쁜 것 같은데. 한가해지면 그때 얘기하지. 그보다 우리 배고프니 먹을 것 좀 줘."

"아… 알겠어요. 금방 만들어 달라 할게요."

블스와 니콜이 무엇을 좋아하는지 잘 아는 그녀는 메뉴를 주문도 받지 않고 주방으로 달려갔다.

그리고 시간이 지났다.

블스, 니콜과 함께 서빙하는 여자와 주방장이 한자리에 앉았다.

손님들은 여전히 있었지만 양해를 부탁하고 술판을 벌이는 중이었다.

"장사는 잘되냐?"

블스가 묻자 남자가 헤벌쭉 웃으며 고개를 끄덕였다.

처음의 목적과는 달리 이제는 정말 여관 일이 좋아진 그였다.

"뭐, 잘된다니 좋군. 오늘 찾아온 이유는 할 얘기가 있어서인데… 너희들 기억나냐?"

"누구 말입니까?"

"카란이 항상 얘기했던 아이."

"설마…….'"

남자와 여자의 얼굴이 어두워졌다.

누구인지 잘 알고 있었다. 아니, 절대 잊을 수 없었다!

그 소년으로 인해 자신들은 평생 지울 수 없는 수모를 겪지 않았던가!

언젠가는 꼭 복수하고 싶었지만… 카란이 친해지면서 그 마음조차 접어야 했었다.

여관을 운영하는 남자와 여자의 정체는… 시드에게 뼁을 뜯긴, 검은 달의 특급 살수, 로이스와 필시아였다.

"네, 기억하고 있죠. 암… 잊을 수가 없습니다!"

로이스는 그때의 일이 떠오르는 듯 치를 떨며 대답했다.

꿈에도 나타나 삥을 뜯어가던 악마!

"크큭, 하여튼 시드를 우연히 만나게 됐다."

"정말요?"

곁에서 얘기를 듣던 필시아가 큰 눈을 동그랗게 뜨며 물었다.

갑자기 사라진 이후, 아무리 찾아도 찾을 수 없었던 시드였다.

"그래, 시드 역시 카란을 찾고 있더군. 또한 놀라운 얘기도 듣게 됐고. 그래서 블스와 함께 돌아왔다."

"놀라운 얘기라뇨?"

로이스가 술잔을 넘기며 대답을 재촉했다.

"그게 말이지……."

블스는 기척을 한 번 살폈다.

일부러 방 안에서 마시는 중이라 아무도 없었지만 혹시나 밖에 누가 있지 않을까 해서였다.

인기척은 느껴졌다. 단, 손님들이라 지나가는 발길들이었고, 그때서야 블스는 목소리를 낮춘 뒤, 자신이 알게 된 정보를 알려주기 시작했다.

로이스와 필시아의 얼굴에 놀라움이 번졌다.

*   *   *

사아악!

그 시각, 시드와 일행은 갑작스럽게 나타난 마법진으로 인해 당황을 숨기지 못했다.

리스네의 말이 끝남과 동시에 빛무리와 함께 마법진이 형성된 것이다.

단, 에스만은 알고 있었던 듯 침착한 태도로 마법진을 주시했다.

빛무리가 점점 사라져 갔다. 그리고 여럿의 모습이 드러나자 모두는 얼굴을 찌푸렸다.

갑자기 나타난 존재들의 정체는 이전에 본 세 명의 라탈 급과 초인족들이었다.

움직이지만 살아 있지 않은 듯, 두 눈에는 눈동자가 존재하지 않았다.

"키메라다."

"키메라요……?"

에스의 말에 시드는 재차 초인족들을 쳐다봤다.

"그래, 저들은 다른 육체가 섞이지 않았을 뿐, 키메라의 술수로 움직이는 거다. 즉, 죽었다는 뜻이지."

"그렇다면……."

"변신을 한 상태로 죽여서 키메라로 만든 거야. 초인족의 육체는 몬스터에 비할 바가 아니니 섞지 않은 것이고."

“리스네, 너…….”

정체를 알아차린 시드가 분노한 얼굴로 그녀를 불렀다.

알고 있었다. 지독하고 사람의 목숨도 가벼이 여기는 여자라는 사실을.

하지만 죽이는 것도 모자라 그 육체까지 이용하다니… 키메라가 된 초인족들이 너무나 안타까웠다.

“히유!”

같은 초인족인 샤인이 감정을 담아 소리쳤다.

시드는 그 소리를 듣자 저도 모르게 벨케에게 시선이 닿았다. 그는 표정 변화가 없었는데, 몸에서 살기가 끓어오르고 있었다.

초인족 키메라에 진심으로 화가 난 것이다.

“힘들게 구했고, 아직 그 누구에게도 보여주지 않은 나의 부하들이야. 잘 상대해 봐. 아참… 할 말이 있어요.”

따가운 시선에도 괘념치 않고 할 말을 하던 리스네가 벨케를 불렀다.

“곱게 죽어줬으면 좋겠어요. 훌륭한 재료가 될 것 같거든요.”

“하하, 하하하.”

벨케가 큰 목소리로 웃었다. 하지만 리스네를 제외한 다른 이들은 웃을 수 없었다.

벨케의 웃음 속에 담긴 마나로 인해 그의 감정이 고스란히 전해진 탓이다.

"웃음도 듣기 좋네요? 후후, 시드… 이제 시작해 볼까?"

스으윽.

리스네가 품속에서 단검을 꺼냈다.

시드는 주먹을 불끈 쥐었다. 잊을 수 없는… 자신을 찌르고 힘을 빼앗아갔던 바로 그 단검이었다.

"나와라, 이세스여!"

하늘 높이 검을 찌르며 리스네가 마나를 일으켰다.

그와 함께 단검에서 눈을 뜨기 괴로울 정도의 강렬한 빛이 폭발했다.

푸른색의 물결이었다. 단검도, 주변도, 어두운 저녁도 푸르게 물들어갔다.

쿠우웅!

빛이 사라지고 묵직한 소리가 대지를 울렸다.

모두는 눈을 떼지 못한 채 거대한 이세스를 고개를 들어 올려다봤다.

보석보다 빛나는 푸른색으로 이루어진 이세스는 투구를 찬 형태였고, 푸른색의 두 눈동자가 빛났다.

그리고 양손에 검을 쥐고 있었다.

"저게 이세스……."

벨트라가 입을 쩍 벌린 채 중얼거렸다.

최강의 플루닉이라 불리는 이세스!

그 실체를 처음으로 확인하게 됐으니 당연한 반응일 것이다.

"시드, 재회를 하니 어때?"

리스네가 이세스를 가리키며 말했다. 시드의 입꼬리가 올라 갔다. 기분이 좋아서 웃는 것이 아니었다.

"조금만 기다려. 저분을 먼저 죽여야 할 것 같으니."

'아무리 벨케님이라도⋯⋯.'

가면의 남자나 이세스, 따로따로 싸운다면 모른다.

이세스가 아무리 현존 최강의 플루닉이라 할지라도 벨케 역 시 최고의 마탈 급이니.

그렇지만 가면의 남자와 이세스가 힘을 합친다면 얘기는 달 라진다.

그로 인해 시드가 무언가를 말하려던 찰나 에스가 그의 팔 목을 잡았다.

"걱정하지 마. 벨케는 내가 지킬 테니. 크큭. 벨케가 나를 지 켜주는 꼴이 되겠지만."

"에스님."

에스가 나섰지만 시드의 표정은 썩 밝지 못했다.

그녀가 대단한 실력자라는 사실은 안다. 하나 상대는 마탈 급이었다. 이세스 역시 마찬가지고.

그곳에서 라탈 급인 그녀의 힘이 얼마나 통할지 알 수 없었 다.

흔하지 않은 마녀이기에 상대쪽에서도 쉽게 대처하지는 못 하겠지만.

"다른 방법이 있냐? 너는 저기도 신경 써야 할 텐데."

에스의 손짓에 고개를 돌리자 잔뜩 긴장한 채 키메라들과 대치하고 있는 시멘 용병단과 라인이 보였다.

'젠장.'

키메라의 수는 총 다섯.

그들은 각기 에트 급 상급의 마나를 보유하고 있었다.

하지만 그들은 초인족의 육체까지 갖추고 있는 상태였다.

즉, 실제 전력은 라탈 급 다섯이라고 봐도 무방했다. 거기다 세 명의 라탈 급도 있으니 총 여덟…….

자신이 합세한다 해도 이기기 힘든 싸움이 될 터인데, 벨케를 돕는다면? 시멘 용병단과 샤인, 라인은 죽음을 피하지 못할 것이다.

"그러면 부탁드립니다."

어쩔 수 없이 결정을 내린 시드는 에스에게 말한 뒤, 그들의 전선에 합류했다.

콰지직!

이세스의 거대한 검이 내려치자 벨케는 자신의 검을 들어 올려 막았다.

푸우욱!

발이 땅으로 파고 들어갔다. 엄청난 힘이었다.

'이것 봐라?'

벨케는 재미있다는 듯 미소를 지었다.

이세스의 플루닉. 소문만 들었을 뿐 보는 것도, 상대하는 일도 처음이었다.

단지 언제나 기회가 된다면 한 번 겨뤄보고 싶다는 마음이 있었다.

감히 마탈 급 중 최강의 자리에 있다고 말할 수 있는 자신조차도 이길 수 없는 존재인지 확인하고 싶었다.

그리고 지금 겪어보니 헛소문이 아니라는 판단이 들었다.

물론 진다고는 생각하지 않았다. 지금 상황에서 판단하기에는 동수, 혹은 자신보다 조금 더 아래로 느껴졌다.

그러나 문제는 일대일의 경우에 그렇다는 것이었다.

쉐에엑!

"칫!"

이세스의 검을 막고 마나를 가득 실어 팔을 내려치려던 벨케는 혀를 차며 다급히 뒤로 물러섰다.

콰아앙!

벨케가 서 있던 곳에 엄청난 폭발이 일어났다.

가면의 남자가 벨케의 틈을 허용하지 않으며 파고들었기 때문이다.

"이봐, 계속 구경만 할거야?"

"혼자서는 힘든가 보네?"

"너라면 쉽겠냐?"

벨케는 이마에서 흐르는 땀을 닦으며 삐딱하게 대꾸했다.

도와주겠다고 옆으로 오더니 계속 구경을 하고 있는 그녀였다.

물론, 벨케에게 잠시 혼자 경험해 보라는 그녀의 양보이기도 했다.

벨케는 마탈 급에 오른 이후 자신보다 강한 존재를 만나지 못했다.

언제나 수련과 싸움의 나날을 보내며 계속해서 성장했던 그에게 적수는 존재하지 않았다.

하나 오늘 드디어… 자신보다 강한 적을 만났다. 그 강함의 기준이 둘의 합공이었지만, 그래도 새로운 경험일 테다.

물론, 대등한 이세스하고만 맞선다 할지라도 마찬가지일 테고 말이다.

전체적인 능력은 벨케가 우위인 듯하나, 플루닉에게는 특수 능력을 제하고도 강점이 존재했다.

시간이 지나도 절대 지치지 않는다는 것이다.

그렇기에 빨리 끝내지 못한다면 이세스와 벨케의 차이는 좁혀지고 만다.

"너를 혼내줘야겠구나."

에스는 이세스나 가면의 남자를 상대하지 않았다.

실력에서도 밀리지만 가장 효율적인 적을 무너뜨리기 위함이었다.

그 상대는 다름 아닌 리스네였다.

현재 가장 위험한 적은 이세스이기에, 시전자인 리스네를 쓰러뜨린다면 이세스 역시 사라진다.

그러면 싸움은 어렵지 않게 끝날 테고 말이다.

“자… 가라.”

에스는 환영을 시전했다.

하나, 뜻밖의 상황이 펼쳐졌다. 분명 적중당했음에도 불구하고 리스네는 태연했다.

“오호라. 꽤 쓸 만한 계집이구나.”

“마녀시군요. 미안하지만 전 환영에 당하지 않아요.”

공중에 떠 있는 에스를 보며 리스네는 미소를 머금었다.

흑마법을 연구하다 보니 자연적으로 마녀들이 쓰는 마법에도 익숙했다.

그뿐 아니라 경험이나 정신력, 모든 면에서 아네뜨보다 높은 단계에 도달해 있는 그녀였다.

“그렇다면 제대로 놀아줘야겠어.”

에스의 몸 주변으로 검은 빛깔의 불꽃이 형성됐다.

실력만으로 따지면 리스네보다 뛰어난 에스였다. 절대 지지 않으리라 확신했다.

그러나 리스네 역시 그 사실을 모르지 않았으며, 부딪칠 마음이 존재하지 않았다.

자신은 이세스에게 집중해야 되기 때문이다.

“부탁드려요.”

그녀의 선택은 다름 아닌 가면의 남자였다.

파앗! 콰지직!

‘으윽!’

리스네의 말이 끝남과 동시에 남자는 벨케에게서 검을 거두며 에스를 향해 숏구쳐 검을 휘둘렀다.

에스가 다급히 보호막을 시전해 막을 수 있었지만 흐르는 땀은 어쩔 수 없었다.

자신은 라탈 급, 가면의 남자는 마탈 급이었다.

그것도 초급이 아닌 마탈 급에서도 상위에 있을 실력.

한마디로 가면의 남자가 자신만을 노리게 된다면 목숨을 장담할 수 없게 된다.

'이거 골치 아픈데……'

에스는 고개를 돌려 시드 쪽을 쳐다봤다.

당연히 그쪽도 고전을 면치 못하고 있었다.

'어떻게… 이런!'

촤아악!

딴 생각을 할 겨를조차 없었다.

순간적으로 남자의 신형이 뿌옇게 흔들리더니 어느새 옆을 지나가며 팔을 그어버린 것이다.

치명상은 피했지만 팔뚝에서 피가 새어 나왔다.

"이놈부터 먼저 끝내야 될 것 같은데?"

결국 에스가 한참 신나게 놀고 있는 벨케에게 소리쳤다.

그는 에스의 외침에 아쉽다는 듯 입맛을 다셨지만, 남자를 쓰러뜨려도 이세스와 단둘이 놀 수 있는 것은 같았다.

또한, 지금 상황이 즐기기만 할 때가 아니었다.

다른 이들은 물론, 심지어 자신의 목숨조차 안전하다고 할 수 없으니.

“그러지.”

결국 벨케는 이세스의 시선을 흩뜨려 놓은 다음, 가면의 남자를 향해 모든 마나를 끌어올리며 돌진했다.

그러자 그 뒤를 이세스가 놓치지 않고 따랐으며, 에스 역시 강력한 마법 주문을 시전했다.

“하아, 하아.”

시드는 숨을 거칠게 내쉬었다.

힘을 발휘할 수 있는 시간이 길게 남지 않았고, 또한 적들의 수를 한 명이라도 빨리 줄여야 좋기에 무리수를 두다 보니 마나가 많이 소진됐다.

그뿐 아니라 전력 차를 줄이기 위해 마나포를 발휘하는 푸른색의 플루닉도 소환한 상태였다.

이제 남은 적들의 수는 총 여섯.

그중 셋은 샤인, 라인, 플루닉이 상대를 하고 있었으니 세 명과 다름없었다.

문제는 시멘 용병단이 라탈 급 세 명을 상대하기 쉽지 않다는 사실이었다.

결국 우드까지 합세했지만 그래도 점차 밀리는 것은 어쩔 수 없었다.

우드 역시 힘이 채 회복되지 않은 상황이기에 한 명도 제대로 맡을 수 없었으니.

“위험해!”

파아앗!

호흡을 가다듬던 시드는 스크푸의 외침과 함께 고개를 숙였다.

그러자 시드의 머리 위로 마나가 담긴 화살이 지나가 어느새 시드에게 근접한 라탈 급 한명을 견제했다.

평소의 시드라면 충분히 알아차렸을 테지만, 지금은 힘도 많이 빠진 상태에서 벨케와 에스가 걱정되어 집중도 많이 흐트러져 있었다.

또한, 주변에서 마탈 급들과 이세스, 에스의 힘이 부딪치다 보니 기운만으로 적을 빠르게 간파하기도 힘들었고.

'시간이 부족해.'

시드는 머릿속을 재빠르게 굴렸다.

이대로 몇 분만 더 흐른다면 자신의 플루닉은 역소환되고 만다.

더불어 자신 역시 힘을 발휘할 수 없게 되고, 전세는 최악으로 치닫고 말 것이다.

어떻게든 그전에 싸움을 끝내야 하는데, 도저히 방법이 없었다.

"타하아압!"

스파아앗!

벨트라의 검에서 신성한 빛무리가 뿜어져 나왔다.

성기사인 그이기에 적을 공격함과 동시에 아군의 기운을 회복시켜 주기도 했다.

다만 육체적인 면에서 뿐이지, 마나까지 회복되지는 않았다.

스피네는 갖가지 보조 마법들로 힘을 보태주거나, 적들을 귀찮게 했다.

싸울 때만은 진지한 트라이는 자신의 빠른 움직임으로 어떻게든 빈틈을 노려 기습하려고 했지만 쉽지 않았다.

상대들은 라탈 급이었다.

키메라들 역시 초인족의 육체를 가지고 있으며, 살아 있을 때 초인족이었던 탓인지 전투 감각이 뛰어나 쉽게 당해주지 않았다.

힘을 담당하는 배커스 역시 마나의 차가 크다 보니 힘겨루기에서 밀리며 식은땀을 흘렸다.

카네는 스피네처럼 갖가지 도움을 주면서 다치거나 육체적 피로가 쌓인 동료를 회복시켜 주기 바빴다.

아이니와 스쿠프는 가장 후방에서 정령들과 활로 데미지를 주는 역할을 잘 수행하고 있었으나, 때때로 위험이 찾아와 진영을 흩트려야만 했다.

우드는 틈틈이 마나포를 쏘며 시멘 용병단에게 힘을 보탰다.

라인은 초인족 키메라와, 샤인은 라탈 급의 여자와 접전을 치르고 있었는데, 샤인의 경우는 누가 우세라 할 수 없었지만 라인은 점차 우세를 점하고 있었다.

단 시멘 용병단이 급속도록 지쳐 가는 지금 라인이 이긴다 할지라도 전세는 크게 달라질 것 같지 않았다.

또한 가장 큰 문제는… 벨케와 에스가 밀리고 있다는 사실이었다.

만약 이 싸움에서 이긴다 할지라도 벨케와 에스가 무너진다면 결과는 지옥이었다.

자신들에게는 이세스의 플루닉이나 가면의 남자를 상대할 힘이 존재하지 않았으니깐.

시드가 해답을 찾아 고민하고 있을 때, 벨케는 그들과 최대한 거리를 벌리고 있었다.

가면의 남자를 먼저 쓰러뜨리고 싶었으나 기회가 쉽게 오지 않았다.

이세스의 플루닉이 덩치에 어울리지 않는 빠른 몸놀림으로 계속해서 방해를 한 탓이다.

그로 인해 점점 지쳐 가는 것은 벨케 쪽이었다.

가면의 남자 역시 마찬가지로 처음보다 움직임이 느려졌지만 문제는 이세스였다.

변함없는 힘과 속도를 뽐내며 플루닉이 왜 과거 드래곤이 만든 최강의 병기인지 알 수 있게 해줬다.

그래서 마나를 최대한 끌어 모아 일격에 끝내고 싶은데, 시드와 일행이 염려됐다.

분명 그들 역시 휩쓸리고 말 것이다.

'조금만 더, 조금만……'

적들이 눈치를 채지 못하게 전투를 벌이면서 은근슬쩍 거리를 벌리던 벨케의 입가에 미소가 지어졌다.

이제는 시드와 모두가 보이지 않을 곳까지 도달했다.

이 거리도 걱정이 됐지만, 그들이라면 큰 피해를 입지 않으리라 믿었다.

라탈 급들도 있으며 에스 역시 힘을 보텔 테니.

"에스, 가라."

벨케의 말과 함께 에스는 미리 준비했던 텔레포트를 시전했다.

그런 에스의 신형은 시드의 옆에 나타났고, 벨케는 동시에 자신의 몸속에서 떠돌고 있는 마나를 검에 끌어 모았다.

파지지직!!

마나가 소용돌이치는 것도 모자라 전류까지 뿜어냈다.

짧은 시간임에도 불구하고 엄청난 속도로 마나를 끌어 모은 벨케를 확인한 리스네의 얼굴이 굳어졌다.

이세스가 있다 할지라도 자신의 안전을 확신할 수 없는 엄청난 기운!

리스네는 다급히 이세스의 특수 능력을 발동했다.

번쩍!

이세스의 양손에 들린 검이 수십 개의 검으로 흩어지더니 하늘에서 떨어졌다.

그뿐 아니라 가면의 남자 역시 온몸으로 파고드는 위기를 느끼며 자신의 마나를 끌어 모아 벨케를 향해 내뿜었다.

쉐에엑! 슈우웃!

수많은 기운이 벨케를 노리며 달려들었다.

그와 함께 벨케는 자신의 검을 지면에 내리꽂았다.

곧 거대한 마나의 폭발이 마을 전체를 뒤덮었다.

CHAPTER 03
카란

"쿠, 쿨럭!"

사방을 휩쓴 먼지구름 속에서 시드가 튀어나오며 기침을 했다.

"어떻게 이런 힘이……."

시드는 주변을 둘러보며 경악을 금치 못했다.

마을 사람들은 이미 계곡 쪽으로 피해 있어 무사하겠지만 마을 전체가 사라진 상황이었다.

순간적으로 잴 수 없는 마나들이 형성됐다가 폭발했다.

그런데 거리가 대단히 멀었으면 에스의 다급한 외침으로 인해 마나를 사용할 줄 아는 모두는 자신과 일행의 주변을 감쌌다.

에스 역시 보호 마법을 짧은 시간 동안 겹겹이 겹쳤다.

한데… 그 먼 거리에서 이곳까지 힘이 닿은 것은 물론 여러 겹의 보호막도 산산조각 났다.

만약 거리가 조금이라도 가까웠다면 많은 이들이 위험했을 것이다.

'과거의 나라 하더라도 낼 수 없는 힘이다…….'

시드는 재차 폐허가 돼버린 주위를 둘러보며 고개를 저었다.

벨케의 힘을 잘 알고 있었지만, 이 정도일 줄은 미처 파악하지 못했다.

물론 그의 힘만으로 이런 파괴력이 나오진 않았을 것이다.

가면의 남자는 물론, 이세스의 힘까지 마찰을 일으키며 나타난 현상이었다.

"위험할 뻔했군. 무식한 놈이야. 자신의 힘만 계산해서 거리를 재다니."

어느새 곁에 나타난 에스가 옷에 묻은 먼지를 털며 불만을 토로했다.

그녀의 말처럼 벨케는 자신의 힘만을 계산했었다. 만약 적들의 힘까지 예상했더라면 더욱 멀리 갔을 테다.

"시드, 괜찮아?"

"히유!"

"다들 괜찮으시군요. 샤인 너도."

곧 하나, 둘 모습을 드러내기 시작했다.

다행스럽게도 일행은 무사했다. 비록 몰골은 말이 아니지만.

"메리아는요?"

문득 메리아가 보이지 않는다는 사실에 시드의 얼굴이 굳어졌다.

"그러게, 메리아가 어디 있지?"

벨트라 역시 사색이 되어 주위를 두리번거렸다.

'설마… 아니야!'

시드는 다급히 맨손으로 잔해를 치우기 시작했다.

폭발이 일어날 때 메리아 역시 근처에 다가온 상황이었다.

보호 마법의 영향을 받았을 테니 위험하지는 않을 것이다. 분명 어딘가에 파묻혀 있을 것이다.

"메리아, 메리아!"

촤아악!

그때였다. 한쪽에서 흙이 솟구치더니 누군가가 모습을 드러냈다.

그는 메리아를 품에 안고 있는 우드였다.

"나는 찾지도 않냐……?"

우드가 불만스러운 얼굴로 투덜거렸다.

그런 우드에게 고마운 마음을 느끼며 시드는 진심으로 따스하게 대답했다.

"알면 됐다."

"……"

집에 돌아가고 싶은 우드였다.

"모두 괜찮은거죠?"

시드가 상태를 확인하며 묻자 시멘 용병단과 메리아, 샤인, 우드, 라인은 고개를 끄덕이며 대답을 대신했다.

다행스럽게도 다들 큰 부상은 입지 않았다.

"그런데 아빠는?"

라인의 질문과 함께 벨케를 떠올린 시드는 고개를 돌렸다.

그러고 보니 가장 중요한 그를 잊고 있었다.

"에스님이 먼저 가 계신 듯합니다. 저희도 얼른 가죠."

시드의 얘기에 라인이 빠른 속도로 가장 먼저 출발했고, 곧 모두는 뒤를 따랐다.

"괜찮으세요?"

폭발 지점에 도착하자 시드는 에스의 부축을 받고 있는 벨케를 발견하고는 황급히 다가갔다.

"그래, 괜찮은 것 같구나."

벨케의 말과 달리 그의 상태는 썩 좋아 보이지 않았다.

온몸은 피투성이였고, 마나 역시 대부분 고갈된 상태였다.

마나의 폭발을 가장 지척에서 받은 이 중 한 명이었기에 당연한 결과였다.

"다른 이들은……?"

시드는 고개를 두리번거렸다.

이세스의 플루닉은 더 이상 보이지 않았다. 가면의 남자도 마찬가지였다.

'설마… 리스네가 죽은 것인가?'

세 가지로 추측할 수 있었다.

죽었다든지 혹은 이세스의 위험을 느끼고 역소환시켰다든지, 그도 아니면 마나가 모두 소진돼 강제 소환이 됐다든지.

부스럭.

그때 돌무더기 소리와 함께 누군가 모습을 드러냈다.

"허억, 허억!"

이마에서 피를 흘리며 차가운 눈으로 쏘아보고 있는 여자, 리스네였다.

"괴물이군요… 정말 괴물이에요. 당신같은 사람은 본 적도, 들은 적도 없어요. 도대체 누구죠?"

리스네는 믿을 수 없다는 듯 벨케를 향해 물었다.

그녀가 알려진 모든 마탈 급을 모를 리 없었다. 하지만 초인족에서 이토록 강한 마탈 급이 있다는 얘기는 들어보지 못했다.

과거에 한 명은 존재했다. 하나 그는 자취를 감춘 지 오래였다.

'잠깐……'

리스네의 머릿속으로 어떤 생각이 스쳐 지나갔다.

그가 사라진 지 시일이 많이 흘렀기에 당연히 없는 존재라 치부했다.

한데… 만약 그가 돌아왔다면? 그러고 보니 이름도 비슷했다.

"설마… 벨라케?"

리스네가 두 눈을 크게 뜨고 소리를 지르자 벨케는 부정하지 않으며 쓰게 웃었다.

그런데 놀랍게도 그의 곁에서 경악 소리가 들렸다.

"정말 벨라케입니까!"

'몰랐다는 말입니까!'

믿을 수 없다는 듯한 표정의 벨트라. 시드는 다들 예상하고 있으리라 믿고 있었다.

이 정도로 강한 초인족이라면 벨라케 말고 누가 존재하겠는가.

더군다나 벨케라는 이름의 마탈 급은 들어본 적도 없었고!

"정말 놀랍군요… 당신이 나타나다니, 그것도 이곳에……."

리스네는 손톱을 깨물며 중얼거렸다. 그녀의 버릇이 나왔다.

초조했다. 소문으로만 듣던 벨라케는 상상 이상이었다.

다급히 이세스로 몸을 지켰지만… 이세스의 상태는 말이 아니었다. 최소 몇 달은 꺼내지 못할 만큼 심각하게 파괴되며 역소환됐다.

이세스조차 정면 승부로는 이긴다는 확신을 할 수 없는 상대.

그런 벨라케가 다른 누구도 아닌 시드의 편이 되어 있다니. 그녀에게 있어서는 최악의 소식과 다름없었다.

더불어 지금의 이 순간을 놓쳐서는 안 된다.

어떻게 해서든 시드와 벨라케를 이 자리에서 죽여야 했다.

물론, 이곳에 있는 모든 이들의 숨을 끊어야 하겠지만… 적어도 둘만큼은 기필코 해치워야 한다.

그렇지 않으면 자신은 발 뻗고 자지 못하리라.

"리스네… 너는 졌다."

시드는 힘겹게 몸을 일으켰다.

몸을 지킨다고 모든 마나를 소진해 육체적인 힘밖에 없지만, 마찬가지 상태인 리스네를 무너뜨리기에는 충분했다.

"후후, 그럴까?"

리스네가 일어서지도 못한 채 고개를 들어 웃었다.

시드는 그런 리스네를 쳐다보며 손에 검을 쥐어 들었다.

사람을 죽이고 싶지 않다. 그것만큼은 어떻게든 피하고 싶었다. 하나… 리스네는 그래선 안 된다.

살아 있다면 분명 언젠가는 복수의 칼이 되어 심장에 박힐 것이다.

세상에서 가장 위험한 여자가 바로 리스네니깐.

"시드… 정말 나를 죽일 수 있어?"

"오빠……."

"시드, 나에게 맡겨라.. 네가 그러는 꼴은 못 보겠다!"

메리아의 슬픔이 묻어 나오는 목소리와 함께 벨트라가 벌떡 일어서며 소리쳤다.

하지만 시드는 돌아보지 않은 채 고개를 저었다.

"모든 시작은 저와 리스네였어요. 마무리도 우리가 지어야 합니다."

마음 같아서는 벨트라에게 떠넘기고 싶었으나 시드는 거절했다.

그래서는 안 된다. 그건 너무 비겁한 행동이었다. 피를 묻혀도 자신의 손에 적셔야 한다. 그래야 이 싸움은 완벽하게 끝나는 것이다.

"죽일 수 있을 것 같군."

리스네의 지척까지 접근한 시드가 그 말과 함께 검을 올리는 순간, 누군가가 흙과 잔해 더미를 비집고 올라왔다.

그와 함께 시드는 저도 모르게 손에 들고 있던 검을 떨어뜨렸다.

그리고… 울먹거리는 목소리로 그를 불렀다.

"카, 카란 형님……?"

모두는 자신들의 귀를 의심했다.

카란이라니! 검은 달의 살수이자, 시드가 형님으로 모신다는 그 카란이라는 말인가!

"어, 어떻게……."

시드의 목소리는 크게 떨리고 있었다.

그가 이토록 격하게 감정을 드러내는 경우가 거의 존재하지 않기에 시멘 용병단과 우드, 메리아는 카란이 시드에게 어느 정도 소중한 존재인지 잘 알 수 있었다.

그와 함께 너무나 끔찍하다고 생각했다.

어떻게 적으로 만날 수 있을까, 그것도 원수인 리스네의 기사가 되어서…….

"형님, 접니다! 시드라고요!"

시드는 재차 목 놓아 소리 질렀다.

마나의 폭발과 함께 산산조각 난 가면. 그 속에 감춰져 있던 얼굴은 분명 카란이었다.

잊을 수 없는, 잊어서는 안 되는 그 얼굴!

어둠은 자신의 시력에 방해가 되지 않기에 잘못 보지도 않았다.

그 얼굴이 피투성이가 된 채 경계하는 눈빛으로 자신을 쳐다보고 있었다.

시드는 지금의 상황이 믿겨지지가 않았다.

"시드… 그는 너를 잊었어."

"무슨 소리야?"

"나밖에 모르지. 나에게만 복종하고."

"무슨 짓을 했냐고!!"

시드의 전신에서 끔찍한 살기가 터져 나왔다.

벨케마저 잠시나마 흠칫 몸을 떨 정도였다. 그 정도로 시드의 분노는 극에 달한 상태였다.

"내가 설명해 줘야 될 이유라도 있을까?"

"말해, 안 그러면 죽는다."

시드는 떨어진 검을 집어 리스네의 목에 겨눴다. 그러나 리스네는 시선도 피하지 않은 채 시드를 바라봤다.

그녀에게 두려움이란 존재하지 않는 듯했다.

"혀, 형님……."

시드는 재차 카란을 불렀다.

검을 겨누자마자 카란이 맨손으로 검을 부여잡았기 때문이다.

힘을 주고 있는지 검과 그의 손에 피가 맺혀 흘렀다.

"놓으세요, 놓으시라고요!"

시드는 검을 빼려고 했다. 그렇지만 카란은 절대 놓지 않았다. 결국 먼저 검을 놓은 것은 시드였다.

계속 힘겨루기를 했다가는 카란의 손이 잘려 나갈 테니…….

아무리 의식을 잃은 채 리스네 밑에 있다 할지라도 카란을 상처 입히고 싶지 않았다.

"세뇌다."

그때 뒤에서 에스의 목소리가 들렸다.

"그래. 무슨 이유인지는 모르겠지만 그 스스로 세뇌를 당한 것이다. 그녀의 실력으로는 그를 강제적으로 세뇌시킬 수 없을 테니."

시드는 카란에게 시선을 돌렸다. 그는 여전히 적개심이 가득한 눈빛으로 노려보고 있었다.

'도대체 무슨 일이 있었던 것입니까?

시드의 눈가가 촉촉이 젖었다.

화가 났다. 분했다. 그리고 카란이 너무나 안타까웠다.

누구보다 당당했으며, 낙천적이고 짓궂은 그의 모습이 머릿속으로 스쳐 지나갔다.

한데 지금의 카란에게서는 전혀 찾아볼 수가 없었다.

꼭두각시 인형. 지금의 카란은 딱 그러했다. 그것도 악질적인 주인을 만나서 말이다.

"말했잖아. 너는 나를 죽일 수 없을 것이라고."

리스네가 피가 철철 흐르는 카란의 부축을 받아 몸을 일으켰다. 그런 다음 마법 주머니에서 포션을 꺼내 파란색 액체를 마셨다.

그리고 빠른 속도로 주문을 외우기 시작하자 에스가 다급히 소리쳤다.

"소량의 마나 회복과 또다시 누군가를 부른 것이다! 얼른 막아!"

시드는 대처가 늦어 폭발에 휩쓸려 사라진 라탈 급들과 초인족 키메라들을 떠올렸다.

그들 역시 리스네의 마법으로 인해 이곳에 오게 됐다.

만약 지금 상태에서 다른 적들이 나타난다면? 죽음을 피하지 못할 테다!

"안 돼!"

시드는 다급히 몸을 날렸다.

마나는 존재하지 않지만 마탈 급의 육체를 가진 그의 움직임은 빨랐다.

하지만 리스네의 곁에도 마탈 급인 자가 있었다. 카란은 자신의 몸을 날려 시드에게 부딪쳤다.

데굴데굴!

둘의 육체가 하나로 뒤엉키며 바닥을 굴렀다.

그와 함께 리스네의 주문 소리가 더 들리지 않았으며 빛무리가 일렁였다.

사아앗!

빛이 사라지자 시드는 절망적인 얼굴로 새로이 나타난 존재들을 확인했다.

마치 괴물과 같은 얼굴에 사람의 형태를 띠고 있는 이들.

그 수는 총 열다섯이었는데, 그중에서 다섯이 라탈 급이었고 열은 에트 급이었다.

즉… 모두를 몰살하기에 충분하다는 뜻이었다.

"이거 어쩌지?"

리스네가 아폴레의 수하들을 앞에 세운 채 비아냥거렸다.

"이제 칼자루는 내가 쥐고 있는데? 후후."

"리스네……."

시드는 이를 갈았다. 그러면서 뒤를 힐끔거렸다.

현재 그 누구도 싸울 만한 상태가 아니었다. 에스만이 제대로 된 힘을 발휘할 수 있는데, 제아무리 그녀라 할지라도 저 정도 인원과 싸워서 이길 수는 없었다.

"그만 끝내지… 아쉽지만 당신은 포기하겠어. 변신을 해줄 초인족도 아닐 테니.”

리스네가 안타까운 듯한 눈길로 벨케를 쳐다보며 말했다.

현재 그는 변신을 푼 상태였다. 아니, 마나를 모두 소비해 자연적으로 풀린 것이다.

“시드… 잘 가.”

그녀가 처음 만났을 때처럼 환한 미소를 보여주며 작별 인사를 했다.

“죽여.”

그리고 돌아선 리스네의 한마디.

동시에 침을 질질 흘리며 먹이를 앞둔 짐승처럼 쳐다보고 있던 존재들이 달려들었다.

챙강!!

“크윽!”

선두에 서서 한 명의 검을 막아낸 시드는 신음을 터뜨렸다.

마나를 발휘하지 못하고, 몸 상태도 좋지 않은데 라탈 급의 검을 막으니 끔찍한 통증이 밀려왔다.

하지만 고통에 무너질 여유는 존재하지 않았다.

모두가 괴로우면서도 움직일 수 있다면 각자의 무기를 들고 최선을 다해 맞서고 있기 때문이다.

퍼퍼펑!!

그 뒤에서 어느 정도 마나가 남아 있는 에스가 지원 사격을 하는 판국이었다.

그렇지만 적들의 실력도 뛰어났고, 수가 워낙 많다 보니 큰 효과를 발휘하지 못했다.

스파앗!

결국 선두에 서서 여러 명을 막기 위해 노력하던 시드는 적의 공격을 허용하고 말았다.

붉은 피가 허공을 수놓았다. 그와 함께 메리아와 샤인의 비명이 귀를 파고들었다.

"오빠!!"

"히유!"

"허억, 허억……."

시드는 돌아보지도 못한 채 휘청거렸다. 오른쪽 뺨이 꽤 깊게 베였는지 피가 멈추지 않았다.

'젠장…….'

시드는 입술을 잘근 깨물었다. 머리가 어지러웠다.

마나를 밑바닥까지 쓰기도 했으며, 쉬지 않고 연이어 전투를 펼치는 중이었다.

그러나 선두에서 물러설 마음은 없었다.

힘든 것은 모두가 마찬가지. 자신은 시멘 용병단과 메리아, 샤인을 지켜줘야 한다.

만약 물러선다면 상처를 입는 건 그들이 될 테니깐!

푸우욱!

"크으윽!"

하지만 마나를 거의 사용하지 못하는 상태에서 라탈 급과 에트 급 다수를 상대하는 것은 어려웠다.

제아무리 마탈 급의 육체라 할지라도, 맨몸으로 라탈 급을 상대할 수는 없는 것이다.

결국 시드는 옆구리에도 검상을 입자 한 손으로 부상 부위를 짚었다.

에스와 스피네, 카네가 마나가 될 때마다 치유 마법을 시전했지만 한계였다.

부상을 입은 건 시드만이 아닌 탓이었다.

더군다나 에스는 공격에도 치중해야 했고, 그녀 역시 마나의 한계가 존재했다.

“어쩔 수 없군…….”

그때였다. 에스가 길게 한숨을 내쉬더니 중얼거렸다.

“에스, 너 설마……?”

마나가 모두 고갈됐지만 보고만 있을 수 없어 검을 쥔 채 전투에 참여하고 있던 벨케가 인상을 찌푸리며 물었다.

“어쩔 수 없잖아.”

에스가 어깨를 으쓱거렸다. 벨케는 아무런 말을 하지 않았다.

그녀의 말대로 지금은 살기 위해 무슨 수든 써야 할 판국이었다.

“적어도 시간은 벌 수 있겠지.”

그 말을 마지막으로 에스는 빠르게 주문을 외우기 시작했다.

그러자 에스의 주변에 원형으로 이루어진 마법진이 형성

됐다.

불길한 기운. 왠지 끈적거리는 어둠을 연상시키는 마나가 그녀의 주변을 맴돌더니, 검은빛이 되어 기둥처럼 높이 솟구쳤다.

그리고 잠시 후… 에스가 서 있던 자리에는 한 20대 여성이 반나체로 공중에 뜬 채 모두를 내려다보고 있었다.

"에스님?"

갑작스런 그녀의 변화에 시드가 저도 모르게 에스를 불렀다.

에스는 그런 시드를 한 번 쳐다봤다가 곧 고개를 돌렸다. 그리고 찰나도 지체하지 않은 채 적들을 향해 돌진했다.

쉐에엑!

대단히 빠른 움직이었다. 시드는 그녀의 모습을 놓치지 않으며 전투를 지켜봤다.

반나체, 온통 검게 된 몸, 그 몸 주변을 떠도는 타락한 마나.

마치 지옥에서 악마가 올라온 듯한 인상을 풍기는 그녀는 잔혹하고도 우아한 손짓으로 적들을 쓰러뜨리기 시작했다.

팔을 휘둘렀다. 허공에서 거대한 어둠의 손톱이 내려와 에트급 한 명의 가슴을 쑤셨다.

푸우욱!

"끄아악!"

귀를 찢을 법한 비명이 들렸지만 에스는 지금이 즐거운 듯

새빨간 허로 입술을 핥으며 차갑게 미소 지었다.

이전의 에스 역시 소름끼치는 분위기였다.

나이에 어울리지 않는 말투와 표정, 그리고 웃음.

하지만 지금의 에스는 말 그대로 마녀 같았다. 그것도 피와 살육에 굶주린…….

"도대체 저건 뭐야!"

리스네는 지금의 상황에 당황을 금치 못했다.

페이리를 통해 시드와 일행의 전력을 파악했고, 충분히 무너뜨릴 수 있을 만큼 준비를 마쳤다.

원래대로라면 라탈 급 셋과 키메라들만으로 끝날 싸움이었지만, 혹시나 해서 아폴레의 수하들까지 대기시켰었다.

그런데… 그마저도 지금 무너지고 있었다.

자신은 항상 두세 발을 앞서서 판단한다. 그만큼 확실하게 하기 위함이다. 한데 그때마다 변수가 발생했다.

이세스와 카란이 무너지지를 않나, 라탈 급과 키메라들은 미처 방어를 하지 못해 폭발에 휩쓸려 사라졌고, 아폴레의 수하들마저 이상한 년으로 인해 죽어가고 있었다.

'말도 안 돼… 이런 일은 있을 수 없어!'

리스네의 얼굴이 험악하게 일그러졌다.

자신의 계획은 언제나 완벽하다. 틀어져서는 안 된다. 그 누구도 방해할 수 없었다.

또한, 저 둘만큼은 이 자리에서 꼭 해치워야 했다.

하지만… 지금은 아무런 방법이 존재하지 않았다.

자신이 지정해 놓은 자리에 대기하고 있어야 당장 부를 수 있는데, 아폴레의 수하들이 마지막이었다.

다른 병력을 지금 부르자니 시간이 걸린다. 마나 역시 부족했다.

즉… 도망쳐야 했다. 인정하고 싶지는 않지만 패배한 것이다.

'그러나… 이대로 물러설 수 없다!'

리스네의 독기 서린 눈동자가 시드에게 꽂혔다.

모두는 에스의 싸움에 집중하고 있어서 그런 리스네를 발견하지 못했다.

그러자 리스네는 가면의 남자에게 무언가를 은밀히 지시했고, 언제든 도망칠 수 있게 주문서를 꺼냈다.

끄드득!

라탈 급 한 명의 목이 에스로 인해 꺾여 버렸다. 괴이한 소리가 모두의 귀에 들어왔다.

메리아는 차마 더 이상 보지 못한 채 두 눈을 감고 귀를 막았다.

'마탈 급의 힘이다.'

시드는 에스를 보며 그녀의 힘을 측정했다.

자신이 판단하기에는 마탈 급, 그것도 상급의 힘을 발휘하고 있었다.

그렇기에 저 많은 적들에도 무너지지 않고 한 명, 한 명 확실하고 빠르게 해치웠다.

수가 줄어들면 줄어들수록 에스의 승리는 더욱 확실했다.

"도대체 무슨 일이죠?"

시드가 에스에게서 눈을 떼지 못한 채 벨케한테 물었다.

"악마의 힘을 빌린 것이다.

"악마요?"

시드는 깜짝 놀랐다. 마녀들이 악마랑 계약을 맺기도 한다는 말은 들었었지만… 에스가 그중 한 명이었을 줄이야.

"그렇다. 현재 에스는 대가를 바치고 계약한 악마의 힘을 빌린 것이지……. 단, 그 시간은 길지 않다."

"대가라면?"

시드의 질문에 벨케는 씁쓸히 웃으며 아무런 대답을 해주지 않았다.

하고 싶지 않은지, 아니면 말하지 않아도 알게 되는지는 알 수 없지만 시드 역시 더 이상 캐묻지 않았다.

"사라져라."

에스는 그 말과 함께 양팔을 자신의 가슴에 교차해 모았다.

그리고 폭발적으로 악마의 마나를 모으기 시작하더니 거친 호흡을 내쉬며 남은 적들을 향해 거대한 기운을 발출했다.

쉐에엑!

검은 그림자같은 기운들은 땅으로 돌진하면서 형태를 갖췄다.

원형을 이루더니 가운데에 줄이 생겼다. 그러다 번쩍, 두 눈을 떴다. 검은 빛깔의 눈동자!

그 눈동자가 10명 정도 남아 있던 적들을 향해 떨어졌고, 폭발과 함께 깊은 구덩이를 만들어냈다.

"후우……."

적들이 모두 소멸됐다는 사실을 확인한 에스가 지면에 착지하며 숨을 내쉬었다.

그런 에스의 얼굴은 창백하다고 느낄 만큼 기운이 없어 보였다.

서 있는 것조차 현재 그녀에게는 힘에 겨운 듯했다.

"미안하다."

벨케가 에스를 부축하며 속삭였다.

무엇이 미안한지는 일행은 알 수 없었지만, 그들 역시 에스에게 다가가려고 했다.

하지만 그때였다. 카네의 고함이 모두에게 들렸다.

"시드, 위험하네!!"

푸우욱!

붉은 피가 지면을 적셨다.

"어……?"

시드는 지금 무슨 일이 벌어졌는지 쉽게 와 닿지 않았다.

카란이 보였다. 그리고 자신의 앞을 카네가 순식간에 달려와 막아섰다.

무언가가 살을 파고드는 소리와 함께 카네의 육체가 스르륵… 무너져 내렸다.

두근 두근.

가슴이 뛰었다. 아직도 잘 모르겠는데, 아니, 인정할 수 없는데 심장은 모든 것을 알고 있다는 듯 크게 뛰었다.

그뿐 아니라 두 눈이 시뻘겋게 충혈됐다.

"할아버지……."

시드가 힘없이 자리에 앉으며 카네를 불렀다.

카네는 숨을 헐떡이며 웃고 있었다. 그런 카네의 입가에는 피가 맺혀 흘렀고, 검이 가슴에 박혀 있었다.

"할아버지… 할아버지!"

시드는 정신이 나간 사람처럼 카네에게서 시선을 떼지 못한 채 그를 계속 불렀다.

시드의 두 눈동자는 물기에 젖어 앞이 잘 보이지 않을 정도였다.

"쳇, 하필 저 늙은이가!"

그 광경을 지켜보던 리스네가 짜증 난 목소리로 투덜댔다.

"이 개 같은 년! 죽여 버린다!"

리스네와 가면의 남자를 인지한 벨트라는 욕설을 내뱉으며 달려갔다.

하나둘 모두 양손에 주문서를 들고 있는 상태였고, 리스네는 여유로운 표정으로 세차게 찢어버렸다.

자신의 각오를 남기며.

"다음에는 기필코 죽여주지."

사아아.

일행 근방의 어둠이 마법으로 인해 사라졌다.

“시드, 비켜봐!”

“네? 네, 네…….”

스피네의 다급한 목소리에 시드는 여전히 초점이 맞지 않는 눈동자로 대답한 뒤 옆으로 물러섰다.

“오빠… 괜찮아……?”

그런 시드에게 메리아가 울먹거리며 다가와 안아줬다.

그녀 역시 슬펐다. 나이도 어리기에 지금의 상황이 더욱 무섭고 괴로웠다.

하지만… 자신보다 시드가 더 두려울 것이라고 판단했다. 그래서 시드를 위로해 주고 싶었다.

그렇지만 메리아의 온몸은 시드를 껴안고 있음에도 병에 걸린 환자처럼 벌벌 떨리고 있었다.

“일어나, 일어나!! 제발!”

스피네가 절규하며 자신이 할 수 있는 모든 마법을 시전했다.

마법 주머니에서 각종 포션을 꺼내 입으로 먹이기도 했고, 약도 발라줬다. 할 수 있는 것은 모두 다 한 것이다.

“늦었어…….”

그러나 벨트라는 현실을 인지하고 있었다.

검은 심장을 정확하게 관통했다. 제아무리 대단한 마법사가 곁에 있다 할지라도 살리기 힘든 상처이다.

“스피네… 그만 해.”

“뭘!!”

벨트라가 울먹거리는 목소리를 애써 진정시키며 마지막 마나까지 쥐어짜고 있는 스피네에게 손을 뻗었다.

하나 스피네는 거칠게 그 손을 뿌리치며 벨트라를 노려봤다.

항상 예쁜 척하고 밝은 스피네는 더 이상 그 자리에 없었다. 버려진 강아지처럼 슬픔의 눈물을 뚝뚝 흘리며 잔뜩 얼굴을 일그러뜨리고 있었다.

“이대로… 죽게 할 순 없잖아!! 그렇지? 자기야. 제발 말 좀 해봐… 살려야 되잖아……!!”

스피네는 절규했다. 그 누구라도 제발 방법을 제시해 주기를 바랐다.

하지만 아무도 말을 꺼낼 수 없었다.

죽은 이를 살리는 방법은 존재하지 않는다. 키메라 등 금단의 마법이 있기는 하지만 그런 짓은 해선 안 된다.

그것은 카네를 모욕하는 것과 다름없다.

“죄송해요…….”

그때 시드의 작은 목소리가 모두의 귀에 똑똑히 들렸다.

누구에게 하는 말인지 다들 알 수 있었다. 시드가 엉금엉금 기어서 카네에게 다가가고 있었기 때문이다.

“정말 죄송해요…….”

시드는 카네의 가슴에 얼굴을 파묻었다.

그의 육체가 차가워졌다. 비릿한 피가 얼굴에 진득하게 묻었지만 상관하지 않았다.

"할아버지… 할아버지… 저 때문에, 다 저 때문에!"

시드의 목소리가 점점 높아져 갔다.

아무리 전생을 살았고, 이생에서도 어릴 때부터 온갖 일들을 겪으며 강하게 커온 그였지만 죽음의 슬픔에서는 벗어날 수 없었다.

그것도 자신 때문에 죽었다.

누가 위로해 줘도 달라지지 않는다. 원래 죽었어야 될 이는 다름 아닌 자신이었다.

"으아악, 아아악!"

시드의 비명이 모두의 귀에 처절하게 꽂혔다.

그가 이토록 슬퍼하고, 무너지는 모습을 언제 본 적이 있던가.

그만큼 시드는 아무것도 생각하지 못하고, 가슴에 박힌 비수에 괴로워하고 있었다.

가능하다면 악마에게 혼을 팔아서라도 살리고 싶었다. 자신의 목숨을 버려서라도 시간을 되돌리고 싶었다.

하지만 자신은 아무것도 할 수 없었다.

이렇게 처량히 울어 감정을 드러내는 것 말고는… 할 수 있는 일이 없었다.

그렇게 밤은 깊어갔다.

시멘 용병단의 한 생명을 가져간 채……

타탁, 타탁.

동이 막 떠오르는 시간.

시드는 타오르는 불꽃 앞에 앉아 멍하니 무언가를 주시하고 있었다.

그런 시드의 곁에는 시멘 용병단과 메리아, 샤인이 함께하고 있었고, 벨케와 에스, 라인은 보이지 않았다.

"뜨겁겠죠……."

시드가 중얼거렸다.

지금 자신들 앞에서 타오르는 불꽃은 카네의 육체를 한 줌의 재로 만들고 있었다.

과거 벨트라한테 만약 자신이 죽으면 불에 태워 가루로 만든 뒤, 바람에 뿌려달라고 말했었기에.

"너 때문이 아니야."

벨트라가 불꽃에서 시선을 떼지 않으며 말했다.

시드를 위로해 주고 싶다는 마음이 컸다. 그러나 사실이기도 했다.

"자신의 운명이었고, 자신의 결정이었지. 너로 인해 죽었다는 죄책감을 가지지 마라."

시드는 아무런 대꾸를 하지 않았다.

단지 울 것 같은 표정으로 불꽃만을 하염없이 쳐다볼 뿐이었다.

"네가 우리를 위해 죽었다 해도… 너는 우리가 죄책감에 빠져 슬퍼하기를 바라니? 아니잖아. 마찬가지야, 저 인간도 그랬을 거다. 네가 죄책감에 빠지는 게 아닌… 자신의 몫을 부탁하고 간 거다. 용병은 그렇다.”

시드의 눈에 물기가 맺혀 떨어졌다.

안다. 그 순간, 그리고 지금…….

만약 영혼이라는 것이 존재한다면 카네가 무엇을 바라고 있을지, 시드도 잘 알고 있었다.

하나 생각은 마음을 이길 수 없다고 했다. 알지만… 쉽사리 죄책감을 떨쳐 버릴 수도, 이를 악물기도 쉽지 않았다.

“부탁한다.”

그때 벨트라가 자리에서 일어서더니 시드에게 고개를 숙였다.

“우리는 너를 선택했고, 너와 함께하고 싶다. 우리의 목숨은 너의 것이고, 너를 위해 움직일 것이다. 죽음 역시 너를 위해 택하기로 결정했다. 그러니… 그 어떤 역경이 덮쳐도 너만은 무너지지 않고 받쳐 주기를 바란다. 우리도, 육체는 비록 떠났지만 혼이 함께하는 카네도.”

시드는 고개를 숙였다.

믿을 수 없는 이 현실 속 아픔과 함께 그들과 카네의 진심이 바람을 타고 마음속을 간질이는 듯했다.

미안했다, 그리고 감사했다.

단지 그 두 생각만이 머릿속을 맴돌고 사라졌다 또 맴돌았다.

그렇게 한참을 고개를 숙이고 있던 시드는… 불꽃이 사그라들 때쯤 고개를 들었다.

그런 시드의 얼굴은 예전처럼 당당하고 밝은 모습이었다.

"이제 보내주러 가죠."

시드의 말에 벨트라는 애써 미소를 지었고 자리에서 일어섰다.

시드가 불꽃을 헤집더니 마법 용기에 남은 가루를 주머니에 담아 앞장서서 걸어갔다.

어느덧 날은 환하게 밝았고, 벨트라는 시드의 뒷모습을 쳐다봤다.

어리지만 언제나 함께하면 든든하던 뒷모습이었다.

하나 오늘만큼은 너무나… 가여워 보였다. 너무나… 무거워 보였다.

마치 툭, 건들면 쓰러질 듯이…….

"쿨럭, 쿨럭! 빌어먹을."

나뭇잎들 위에 누워 있는 에스가 짜증을 토해내며 온몸을 비틀거렸다.

그녀는 어느새 어린 소녀의 모습으로 돌아가 있었는데, 무엇이 그렇게 괴로운지 연신 식은땀을 흘리고 피까지 토했다.

그런 에스를 벨케는 말없이 지켜봤으며, 라인은 안절부절하지 못했다.

"하아, 피곤한 하루야."

겨우 아픔이 멎어 들어가자 에스가 실소를 흘리며 두 눈을 떴다.

아침이 밝고 하늘은 맑았다. 어제 저녁부터 있었던 일들이 마치 거짓처럼 느껴질 만큼 화창했다.

"그러게. 이토록 귀찮았던 날은 드물었어."

벨케가 동감하며 대꾸했다.

현재 자신이 모든 힘을 사용할 정도의 적을 만나기란 드물었다.

아니, 거의 존재하지 않는다고 봐야 했다. 한데… 어제 저녁 접전을 치렀다.

그뿐 아니라 에스가 아니었다면 생명까지 위험할 수 있었다.

"그놈을 지키고 싶었나?"

벨케의 말에 에스는 쓰게 웃었다.

"그놈이 죽지 않는단 사실은 알고 있었어. 너도, 나도. 단… 죽음은 봤는데 그게 누구인지는 확실하지 않았지만."

"봤었군."

에스는 고개를 끄덕였다.

자신이 원해서가 아니었다. 마녀가 된 이후 갖게 된 능력.

소수인 다른 마녀들에게는 없는 현상이었으니, 자신만 특별한 경우였다.

꿈을 꿨다. 전투가 펼쳐졌다. 누군가 죽었다. 적이 누구인지 정확히 알 수 없었고, 누가 죽었는지도 확신할 수 없었다.

다만 벨케와 자신, 시드는 아니라고 판단할 수 있는 정도였다.

그리고 꿈속에서 자신은 악마의 힘을 빌린 상태였다. 즉, 그만큼 위험한 상황이라는 뜻이고 변하지 않으며 모두가 죽게 될 수도 있다는 상황이란 것이다.

그래서 처음 벨케과 접전을 치를 때 변할까 갈등했지만 그녀는 그러지 않았다.

벨케를 믿었다. 그는 누구보다 강했다. 아무리 이세스에 마탈 급 상급의 존재가 있다 해도 지지 않으리라 확신했다.

벨케는 소울 급에 도달할지 모르는 존재였으니.

더불어 여기서 변하면 안 될 것 같은 기분이 들었는데, 그 판단은 정확하게 맞아떨어졌다.

또 다른 적들이 나타났고, 그때서야 변화를 하며 위기를 넘길 수 있었다.

아쉬운 점은… 누군가 죽는단 사실을 알면서도 미리 말해주지 못한 점이다.

하긴 말을 해줬다 해도 믿지 않을 확률이 더 크겠지만.

"이제 어떻게 하지?"

"나는 당분간 쉬고 싶군."

"그래야지."

악마의 힘을 빌릴 경우, 생명이 일부 소모된다.

그뿐 아니라 몸의 후유증도 컸다. 그렇기에 최소 며칠은 휴식을 취해야 했다.

"돌아갈 것인가?"

"조만간 다시 찾아오지."

"알겠네."

에스가 가까스로 몸을 일으키자 벨케는 씩, 웃으며 손을 흔들었다.

그러자 에스는 손사래를 치며 마나를 끌어올렸다.

움찔! 마나는 어느 정도 회복됐지만 몸 상태가 여전히 최악이어서 통증이 밀려왔다. 그럼에도 그녀는 굴복하지 않은 채 마법을 시전했고, 곧 모습을 감췄다.

"자, 우리도 준비할까?"

벨케가 곁에 있는 라인의 머리를 쓰다듬으며 말했다.

현재 일행은 마을을 벗어나 숲에 위치해 있었다.

리스네를 잘 알지 못하지만 일행의 말을 들어봐서는 분명 다시 찾아올 여자였다. 그때는 지금보다 더욱 완벽하게 준비해 올 것이다.

그렇기에 안타깝지만 마을과 계곡을 떠나 있어야 한다.

물론, 떠나는 건 자신들뿐만이 아니었다.

마을을 벗어나기 전 스크푸를 지도하던 세페를 불러 얘기했다.

새로운 마을을 개척하라고. 어차피 마을은 사라졌고, 이곳에서 새로 시작한다면 언제 위험의 불씨가 덮칠지 모른다고.

그러자 세페는 마을 사람들도 함께 가겠다고 말했다. 벨케는 거절했다.

앞으로 자신이 이 싸움에 합류할지는 아직 확신할 수 없다.

단, 오늘의 빚은 언젠가 꼭 한 번 갚아줘야 했다. 초인족을 키메라로 만드는 그 만행도 혼내줘야 할 듯하고.

그렇기에 데리고 갈 수 없었다.

이들은 행복하게 살았으면 했다. 위험에 빠뜨리고 싶지 않았다.

세페는 그러면 자신만이라도 데리고 가달라 했다. 벨케는 그조차 거부했다.

라탈 급의 실력자는 많지 않다. 그는 자신을 대신해 마을 사람들을 지켜줘야 될 힘을 가진 몇 안 되는 이들 중 하나였다.

결국 세페는 벨케를 끌어안고 그동안 고마웠다고 말했다.

그의 강경한 고집에 체념하고 만 것이다.

곧 마을 사람들은 떠나기 직전인 벨케와 시드 일행과 작별 인사를 나눴고, 흩어져서 마을을 떠났다.

"어디로 갈 거예요?"

라인이 묻자 벨케는 잠시 서서 턱을 매만졌다.

그러고 보니 아직 어디로 갈 것인지를 정하지 않은 상태였다.

자신을 찾아 마르트 왕국에 처음 온 시드와 일행이 아는 곳이 있을 리 만무했기에 자신이 결정해야 했다.

'누가 있지?

오랜 시간 혼자 시간을 보내다 보니 의지할 만한 사람이 쉽사리 떠오르지 않았다.

그러다 문득 한 명이 머릿속을 스쳐 지나갔고, 딱 적합한 것 같았다.

"그래, 그놈한테 가면 되겠군. 가면서 알려주마."

벨케는 그 말과 함께 시드의 기운을 감지하며 앞장서서 걸었고, 라인이 그 뒤를 따랐다.

그 시각 시드는 산 외곽에 위치한 절벽에 도달해 있었다.

기왕이면 좋은 곳에서 뿌려주고 싶어 찾다가 발견한 곳이었다.

부스스.

시드를 비롯해 모두는 가루가 된 카네를 한 손으로 집었다.

그리고 각자 하고 싶었던 말을 담아 절벽에서 멀리 뿌렸다.

슈우웅.

손에서 놓자 불어오는 바람에 실려 카네는 멀리멀리 흩어졌다.

마지막으로 시드 역시 카네를 보내며 마음속으로 자신의 진심을 전달했다.

'꼭… 오늘을 잊지 않겠어요.'

시드의 두 눈동자 속에 한 여자가 떠올랐다.

그와 함께… 카네의 심장에 검을 박은 카란도 스쳐 지나갔다.

CHAPTER 04
바람이 되어

'이런 개 같은!'

돌아온 리스네는 얼굴은 미소를 유지하고 있지만 속으로는 욕설을 내뱉었다.

죽이지 못했다. 시드는 물론 너무 두려운 그조차도 살아 있다.

언제 그 둘이 자신의 목을 노리며 찾아오게 될지 불안했다. 결국 매일 긴장하며 살아야 한다는 뜻이다.

그 둘이 죽기 전까지는.

'앞으로 경비를 더욱 늘려야겠어.'

이세스가 있다면 모른다. 카란과 스로우, 이세스면 그 둘을 충분히 상대할 수 있다.

카란의 실력이 워낙 뛰어나 그럴 필요는 없었지만 라탈 급의 플루닉도 한 기 구입해 줄 계획이었기에.

그렇지만 이세스는 당분간 사용할 수 없었다.

자연적으로 모든 치료가 끝나기 전까지는 소환이 되지 않을 테니 말이다.

'그년이 잔소리를 하겠군.'

이세스의 부재는 또 다른 면에서도 골치였다.

이제 곧 리샤르를 손에 넣으려고 했었다. 아폴레가 모든 준비가 마친 탓이다.

그런데 이세스가 없으면 곤란해진다. 이세스의 존재로 인해 가지게 된 확신이 장담할 수 없게 될지도 모르게 됐으니 말이다.

결과적으로 이세스를 사용할 수 있을 때까지 기간을 연장해야 한다는 뜻인데, 아폴레가 조용히 넘어갈 리 없었다.

'빨리, 빨리……'

리스네는 집사를 부른 뒤, 머릿속으로 빠르게 계산했다.

시간이 지체되면 안 된다. 벨라케와 마녀, 시드가 힘을 회복하기 전에 덮쳐야 했다.

그들이 떠나기 전에 얼른 다시 돌아가 모두를 해치워야 했다.

"부르셨습… 허억, 무슨 일이 있었던 것입니까?"

집사는 노크를 하고 들어오자마자 깜짝 놀랐다.

언제나 품위를 유지하는 그녀가 옷은 걸레가 되어 속살이

노출된 상태였고, 온통 지저분했다.

그뿐 아니라 곳곳에 상처도 가득했다.

"어서 키메라들을 데리고 와요."

"네? 갑자기 키메라를… 조금 전에도 데리고 가지 않았습니까?"

"하나하나 설명해야 합니까!!"

리스네는 격하게 소리를 질렀다. 집사는 다급히 무릎을 꿇으며 고개를 숙였다.

"죄, 죄송합니다."

"최소 에트 급으로 준비해 줘요. 최대한 빨리, 그리고 제가 돌아왔다는 사실은 그 누구에게도 말하지 마시고요."

"알겠습니다!"

집사가 나가자 리스네는 길게 한숨을 내쉬며 카란을 쳐다봤다.

생명력으로 마나를 회복시키는 금기의 마법은 시간적 제한이 존재했다.

다시 쓰려면 최소 며칠은 지나야 했고, 마나 회복 포션도 단시간에 많이 복용하면 부작용이 발생하기에 그는 현재 도움이 되지 못한다.

사실 당장 간다면 카란이 없어도 큰 상관은 없었다.

그들은 움직이기조차 힘든 상태일 테니, 키메라들만 해도 충분하리라.

아쉬운 점은 스로우와 페이리, 아네뜨 등 실용적인 힘이 있으나 쓸 수 없다는 사실이었다.

시드가 거절해 혼자 돌아와야 했다고 말할 계획이다.

그렇기에 죽이러 가는 일에 그들을 대동할 수 없다.

"쉬세요."

리스네는 카란에게 새로운 가면을 건네준 뒤, 자신의 개인 연구실로 텔레포트했다.

지하 연구실과는 달리 공개된 곳이지만 리스네의 허락이 없는 한 아무도 들어갈 수 없는 공간이었다.

리스네는 이곳에서 병력을 이동시켰었다.

'빨리……'

초조하게 병력을 기다리며 리스네는 손톱을 잘근잘근 깨물었다.

그러다 두 명의 마법사에게 통신을 했고, 잠시 시간이 지났다.

끼이익.

연구실의 문이 작은 소리와 함께 열리더니 리스네가 신임하는 두 명의 마법사들이 나타났다.

그 뒤를 따라 10명이 넘는 키메라들 역시 모습을 드러냈다.

"아무도 보지 않았겠죠?"

리스네의 차가운 눈초리에 마법사들과 집사는 식은땀을 흘리며 고개를 끄덕였다.

"알겠어요. 집사님은 나가주세요."

집사는 황급히 다시 머리를 조아린 듯 연구실을 빠져나갔

고, 리스네는 키메라들의 상태를 확인한 뒤, 곧 모두를 데리고
조금 회복된 마나로 텔레포트 마법을 시전했다.

하지만 리스네가 도착했을 때는 그곳에는 아무도 존재하지
않았으며, 밤새도록 찾기 위해 노력했지만 원하는 바를 이룰
수 없었다.

지글지글!

카네가 세상을 떠난 지 며칠이 지난 어느 날.

숲에서 고기가 맛있게 익어가고 있었다. 그런데 수십 명이
라도 먹는지 양이 대단히 많았다.

멧돼지는 물론 곰도 있었으며, 오우거까지 있었다!

하지만 놀랍게도 그 앞에 앉아 있는 이들은 고기의 양에 비
해 대단히 부족한 수였다.

그들은 바로 시드 일행이었다.

"하하, 모두들 배가 많이 고픈가 보구나."

벨케가 침을 질질 흘리며 고기가 다 익기를 바라는 일행을
보며 말했다.

'누구 때문에 배가 고플까?

시드는 속으로 울컥하며 벨케를 쳐다봤다.

마을을 떠난 첫날이었다. 벨케가 잠시 고민하더니 넌지시
말을 꺼냈다.

내용은 간단했다. 아무리 이동 중이라지만 수련을 게을리
할 수 없다는 것이다.

그런데 에스가 없어 무게를 늘리지 못하니, 특별히 자신만의 방식을 전달해 줬다.

한데 차라리 에스가 그리울 정도였다.

온몸이 무거워졌다. 마치 에스의 마법에 걸린 것처럼 말이다. 그뿐 아니라 통증까지 끊이지 않았다.

벨케는 고통에 익숙해지기 위한 방식이라며… 마음이 아프다고는 했지만 일행은 개소리라 확신했다!

분명 귀찮게 했다고 수련에서 보복하는 것!

그로 인해 샤인, 메리아, 라인, 아이니, 스피네를 제외한 모두는 엄청난 무게와 통증 속에서 걸어야 했다.

그렇다 보니 자연스럽게 체력 소비도 많아져 굶주린 짐승이 될 수밖에 없었다.

먹고 또 먹어도 부족했다!

물론 그 와중에도… 아이니의 요리만큼은 살기 위해 거부하는 건 변함없었다.

"그래, 내 특별히 너희들을 위해 잘 구웠으니 많이들 먹어라!"

'자기가 잡아오기라도 하던가!'

시드는 치가 떨렸다. 마치 배려해 주는 듯한 저 말투!

이 상태에서도 수많은 동물과 몬스터를 잡아오라고 해 죽을 고생을 시켜놓고……!!

자기가 한 일이라고는 아무것도 없었다. 고기 역시 라인과 메리아가 상태를 체크하며 구웠지 않은가!

하나… 속마음만 그럴 뿐, 시드의 연기 실력은 여전했다.

“으하하! 감사히 잘 먹겠습니다! 벨케님!”

일부러 이름까지 붙이며 그의 기분을 상승시켜 주는 센스!

대들었다가는 잠도 못 자고 수련이라는 핑계로 두들겨 맞을 것이다!

그뿐 아니라 칼자루를 쥐고 있는 것은 벨케였다. 아무리 밉상이어도 참고 또 참으며 그의 수련을 받고 같은 편으로 만들어야 한다!

“그런데 벨케님. 앞으로 얼마나 더 가야 되는 거죠?”

멧돼지의 뱃살을 한 움큼 뜯으며 시드가 묻자, 마찬가지로 양 볼 가득 고기를 씹고 있는 벨케가 대답했다.

“며칠만 더 가면 도시에 도착할 것 같다.”

“그렇군요.”

현재 모두가 찾아가는 곳은 마르트 왕국의 사대 장로 중 한 명의 집이었다.

마르트에서는 장로란 호칭을 쓰는데 다른 왕국에 비교하면 공작과 같은 위치였다.

그는 벨케와 과거 친분이 있었던 사람으로, 이름을 버리고 계곡을 지킬 때도 가끔 만났던 초인족이었다.

“그런데 만약 거절을 당한다면……?”

문득 떠오른 생각에 시드가 묻자, 벨케는 태연하게 웃으며 대답했다.

“하하. 그건 생각 못했군.”

“······.”

그럴 일 없다고 하지 않는다. 즉 일어날 수 있는 일이란 뜻!

“그러나 염려하지 마라. 또 다른 대안이 있으니.”

“그게 뭡니까?”

자신만만한 벨케의 발언에 시드가 기대에 찬 어투로 물었
다.

그토록 유명한 벨라케라면 분명 그뿐만 아니라 다른 지인들
도 존재할 테다!

“바로 노숙이다!”

은근히 왕따인 그였다.

밤이 깊자 시드는 메리아와 샤인을 재우고 홀로 자리에서
일어섰다.

시멘 용병단과 라인은 피로를 이기지 못하고 잠든 상태였으
며, 벨케는 두 눈을 감고 있지만 자고 있는 것은 아닌 듯했다.

“다녀올게요.”

시드는 벨케에게 말을 남기며 술병 몇 개를 양손에 쥐고 걸
음을 옮겼다.

벨케는 아무런 대답을 하지 않은 채, 눈을 떠 잠시 시드의
뒷모습을 쳐다보다가 재차 눈을 감았다.

벌컥, 벌컥.

시드는 술병을 따고 병째 들이붓기 시작했다.

술을 즐기는 편은 아니지만 그날 이후, 술을 자주 마시게

됐다.

　물론, 술에 취해 주정을 부리지 않기에 가능한 행동이었으며, 금방 술기운을 빼내어 벨케를 제외하고는 시드가 혼자 술을 마신다는 사실을 알지 못했다.

　주르륵.

　다른 술병을 허공에 부었다.

　바람이 되어 함께 자리하고 있을 카네를 위한 술이었다.

　"미안해요."

　두 병 정도를 비우고 취기가 살짝 올랐을 때, 시드가 아무도 없는 곳에서 중얼거렸다.

　동료들 앞에서는 티를 낼 수 없었다. 그들 역시 너무 괴롭고 허전하지만 서로를 위해 애써 밝은 척하는 것이니.

　그렇기에 지금처럼 혼자일 경우에만 가슴속에 감춰뒀던 속내를 꺼낼 수 있었다.

　"좋은 곳에 가셨겠죠?"

　시드는 재차 술병을 따 허공에다 부었다.

　죽으면 삶에 합당한 처벌 혹은 기회를 받게 된다는 사실을 잘 알고 있다.

　자신이 억울하게 죽어 지옥에 갔고, 저승사자도 만났으며 환생을 하게 됐으니.

　분명 이 세계에서도 전생에서와 같거나 혹은 다른 사후 세계가 존재하리라.

　그리고 카네라면… 분명 고통은 받지 않을 테다.

“만약 아직 계시다면 마음껏 드세요.”

카네는 항상 술을 잘 마시지 않았다.

그가 술을 못 마셔서가 아닌, 연장자로서 언제나 용병단을 끝까지 책임져야 했기 때문이다.

싸움이 나면 말렸고, 도가 지나치면 자제시켰고, 항상 사람 좋은 미소를 지은 채 자상한 아버지, 할아버지와 같은 사람이 었다.

“하아……”

가져온 술병이 모두 빈 병이 되자 시드는 긴 한숨과 함께 수풀 위에 누웠다.

눈동자에 커다란 달이 들어왔다. 그 달 속에는 카네와 보낸 시간이 존재하고 있었다.

처음 만나 자신을 걱정하며 챙겨주던 그의 모습이 지나갔다.

가슴이 뭉클해졌지만 시드는 애써 입가에 웃음을 그리며 카네에게 보여줬다.

‘저 이렇게 웃어요. 슬픔에 무너지지 않고 할아버지의 삶을 어깨에 짊어졌어요. 꼭 내려놓지 않을 거예요.’

곧 시드는 마법 주머니를 뒤져 통신구를 꺼냈다. 블스와 나눴던 그 마법 통신구였다.

정신없이 보내다 보니 아직 그에게 소식을 전달하지 못했다.

시드는 마음을 한번 가라앉힌 후, 마나를 불어넣었다.

그러자 블스의 목소리가 또렷하게 들렸다.

"시드, 잘 지냈나?"

블스의 목소리에는 활기가 띠었다. 살짝 혀가 꼬인 것이 술도 취한 듯했다.

"그쪽은 아무 일 없으시죠?"

"아, 동료들을 만나고 있어. 리샤르 왕국에서 계속 리스네를 관찰하고 여러 정보를 수집하던 놈들인데, 너도 만난 적이 있지."

"저도요?"

시드는 고개를 갸웃거렸다. 검은 달의 살수들은 몇 알지 못한다.

최근에 알게 된 블스와 니콜을 제외하고는 카란과 그전에 리스네를 노렸던 뭔가 어리바리한 두 명의 남녀 살수뿐이었다.

"예전에 리스네를 죽이러 갔다가 너한테 호되게 당한 두 명의 살수야."

"아… 그분들이었군요."

시드는 그때의 기억이 떠오르자 저도 모르게 웃음을 터뜨렸다.

천하의 검은 달, 그곳에서도 특급 살수들이라 불린 라탈 급 두 명이 어린 소년한테 삥을 뜯긴 날이 아닌가.

"그래, 이제 리스네와 가면의 남자에 대해 관심을 더욱 높이려고. 또한 피의 눈물도 마찬가지고. 그런데 무슨 일 있어?"

“아… 할 말이 있었어요.”

리스네와 카란의 얘기가 나오자 시드의 얼굴은 순식간에 착 참해졌다.

그리고 헛기침을 한 번 하더니 블스에게 며칠 전 있었던 일 을 말해줬다.

“그런 일이 있었다는 말이야? 이거, 놀라운데… 이세스와 가면의 남자를 혼자서 상대하는 존재라니. 더 얘기해 봐.”

“한 분이 돌아가셨어요.”

“뭐?”

블스의 목소리가 가라앉았다.

그는 다행이라 생각하고 있었다. 그 위기에서도 시드가 무 사했으니. 한데… 전혀 예상치 못한 비보가 전달됐다.

“카네 할아버지가… 저를 대신해 돌아가셨어요. 가면의 남 자한테.”

“그래… 괴롭겠구만.”

블스의 목소리에 걱정이 담겨 있었다.

시드는 이제 알려줘야 한다고 생각했다. 숨길 이유가 없었 다.

“마지막으로 카란 형님을 찾았어요.”

“잘됐… 컥! 뭐라고?”

“카란 형님을 만났다고요.”

“정말인가? 어디서? 그래. 살아 있었어! 역시!”

블스의 목소리가 크게 떨렸다.

시드가 이런 얘기를 거짓말할 것이라고는 생각하지 않았다.

"그날… 그 자리에서요."

"에? 그러면 카란이 도와주러 온 거야?"

"아니요."

시드의 볼이 꿈틀거렸다. 몸 전체에서 쏟아지려는 괴로움을 애써 참아내는 것이다.

"가면의 남자… 그가 바로 카란 형님이었어요."

그 말과 함께 블스의 목소리는 잠시 들리지 않았다.

시드는 말없이 그가 말문을 열기를 기다렸다. 자신 역시 얼마나 큰 충격을 받았던가.

"정말… 그가 카란이었나?"

"네."

"그러면… 그 사람을 죽인 것도 카란인가?"

"맞아요."

"하, 하하. 시드, 장난하지 말자. 너는 분명 그랬잖아. 그 사람이 너를 대신해 죽었다고. 그 말은 가면의 남자의 원래 목표가 너라는 뜻이잖아! 카란이 왜 그러겠어!"

"네. 카란 형님은 저를 죽이려고 했었어요."

시드의 목소리가 변하자 블스는 말을 하지 못했다.

얼굴이 보이지가 않는다. 시드의 마음속 역시 정확히 알 수 없다.

그렇지만… 목소리만으로도 시드가 너무나 힘들어한다는 사실을 알 수 있었다.

자신과 친한 형이 목숨을 노리고, 그로 인해 동료가 대신해 죽었다…….

어린 나이에 감당하기에는… 아니, 어른이라 할지라도 감당하기 힘든 시련이었다.

"왜… 도대체 왜……."

"세뇌를 당한 것 같아요."

"세뇌?"

"카란 형님은 저를 알아보지 못했어요. 예전에 웃음 넘치던 형님이 살기가 넘쳤고, 리스네의 말에 목숨도 내놓을 정도였어요. 둘에게 무슨 일이 있었는지는 모르지만… 형님에게는 그 길이 유일한 방법이었겠죠. 그렇지 않다면 세뇌를 당할 일도 없고, 리스네가 강제적으로 그럴 수도 없는 능력이니. 어쩌면 고대의 마법일지도 모르고요."

"고대의 마법이라……."

시드는 리스네에게 당했던 그 순간을 떠올렸다.

"저 역시 과거… 리스네에게 당한 이유가 고대의 마법 때문이었어요. 그녀는 자신의 힘을 뛰어넘은 마법을 사용할 수 있어요. 물론 손해가 더 크기에 거의 쓰지는 않겠지만, 저를 이용해 이세스를 부활시키거나, 마탈 급에서도 알려진 카란 형님을 부하로 만들 수 있다면 이득이죠."

"그렇군. 무엇 때문인지는 모르겠지만 중요한 것은 그가 카란이었다는 사실이고… 세뇌를 당해 있다는 건가?"

"네, 세뇌를 어떻게든 풀어야 되는데 방법은 아직 찾지 못했어요.”

에스에게 물어보고 싶었으나 그녀는 떠난 뒤였다.

“알겠네. 알겠어……. 이 상황에서 내가 무슨 말을 해야 될지 모르겠군. 일단 세뇌를 풀 수 있는 방법에 대해서도 찾아보지.”

“네. 고마워요.”

“아니야. 당연히 내가 해야 할 일인걸……. 그런데 말이다. 어떻게 할 거지?”

“뭘를요?”

시드가 되묻자 블스는 잠시 머릿속을 정리한 뒤, 말했다.

“이유야 어쨌든 너의 동료를 죽인 이는 카란이다. 용서할 수 있겠나?”

시드는 쓰게 웃었다. 그리고 카란을 떠올렸다. 과거에 알던 그, 지금의 그.

“아니요, 용서할 수 없어요. 이유야 어쨌든… 할아버지는 다시 돌아올 수 없잖아요.”

“그런가…….”

블스는 아쉬움을 금치 못했다.

자신은 카란의 동료다. 물론 시드 역시 카란과 절친한 관계다. 그리고 예전의 카란으로 만들기 위해 노력할 일도, 리스네가 적인 것도 같다.

하지만… 시드가 카란을 죽이려 한다면 적이 될지도 모른다는 생각이 들었다.

카란의 성격이면 모든 일을 알게 됐을 때 죽어주려 할 테지만… 자신이 용납할 수 없으니.

"신나게 두들겨 패려고요. 저뿐 아니라 시멘 용병단 모두한테 맞아야 해요."

"어?"

예상과 다른 말이 나오자 블스는 되물었다.

"그 부분에 대해 많은 갈등을 했어요."

시드에게는 너무나 큰 고민이었다.

카란을 죽일 수 없다. 하나 카네는 시멘 용병단이었으며 자신을 위해 목숨을 버렸다.

이도, 저도 선택할 수 없는 상황.

그때 시드에게 되려 해답을 내준 것은 다름 아닌 시멘 용병단이었다.

그 일이 발생하고 둘째 날, 시멘 용병단 모두가 잠시 얘기를 하자고 하더니 카란에 대한 말을 꺼냈다.

시드는 긴장했다. 만약 원수를 갚자고 하면 자신은 어떻게 해야 된다는 말인가…….

그런데 진지한 표정의 벨트라가 피식 미소를 짓더니 따스하게 얘기해 줬다.

타인의 의지로 움직이고 네가 좋아하는 그에게 피의 보복을 하는 것은 카네가 바라지 않을 것이라고.

단, 제정신이 든다면 그때 마음껏 두들겨 패는 건 막지 말아

달라고.

그리고 리스네만큼은… 절대 용서하지 말자고. 그녀에게 모든 것을 되갚아주자고.

시드는 아무런 말도 하지 못하고 시멘 용병단에게 머리를 숙였다.

그런 시드의 어깨는 크게 들썩였으며, 용병단 모두가 하나되어 시드를 껴안아줬다.

그들은 잘 알고 있었다. 자신들도 너무 힘들고 지금의 현실을 믿고 싶지 않지만… 카란과 카네의 가운데에 서 있는 시드는 어떨지…….

그렇기에 자신들끼리 먼저 얘기를 나눴고, 만장일치로 의견이 정해지자 곧바로 시드에게 알려줬다.

조금이라도 시드의 짐을 덜어주기 위해서…….

그날 모두는 서로를 품에 안고 한참이나 눈물을 멈추지 않았다.

"그런데 그들이 먼저 저와 카란 형님, 카네 할아버지를 이해해 줬어요… 위해줬어요……. 자신들도 너무 슬플 텐데, 아무리 세뇌당했다고는 해도 카란 형님이 미울 텐데……."

"자네 정말 좋은 동료를 뒀군… 고맙네, 그리고 고맙다고 전해주게."

블스는 진심을 담아 전했다.

우정이란 이름은 하염없이 단단하기도 하지만 때로는 너무나 쉽게 깨지기도 했다.

오랜 시간 우정을 쌓았어도 배신이 판치는 게 이 세상이었다.

한데, 대신 목숨을 잃고… 동료를 위해 자신들의 슬픔과 분노조차 짓밟다니… 정말 흔하지 않은 사람들이었다.

치이익.

마법 통신이 끊기자 시드는 재차 풀 위에 누워 하늘을 쳐다봤다.

카네가 있는 듯했다. 카네가 내려다보며 미소를 지어주는 것 같다. 평소 그 자상한 목소리로 격려해 주는 듯하다.

"그래… 잘 결정했어. 모두 고맙네……."

"그게 정말입니까?"

로이스가 험상궂은 얼굴을 찌푸리며 물었다. 믿기 힘든 얘기가 블스의 입에서 나왔기 때문이다.

"그래, 진실이다."

"놀라워……."

니콜이 믿을 수 없는 듯 중얼거렸다. 그런 생각을 잠시 한 적도 있지만… 아주 확률이 낮았었는데, 그게 진실이었다니.

"이제 어떻게 하죠?"

필시아가 블스에게 애기했지만 그라고 딱히 좋은 방법이 있는 것은 아니었다.

설령 세뇌를 없앨 수 있게 된다 할지라도 카란을 만나기란 너무 어려운 일이었다.

그는 언제나 리스네와 함께 다니며 그때를 제외하고는 저택
에 머무는 탓이다.

"일단 어떤 마법인지를 알아야지. 그 마법을 해제시킬 수 있
는 방법도 찾아야 해. 시드와는 계속 연락을 취할 테고, 이제
슬슬 모일 때가 된 듯하다."

"그렇다면……?"

로이스가 조심스럽게 말문을 열었다.

항상 예상을 했었다. 언젠가는 다가온다는 사실도 잘 알고
있었고, 한때는 그날이 빨리 왔으면 좋겠다고 바랐다.

하지만 행복이라는 울타리를 알게 되자, 아쉬움이 더욱 컸
다.

"지금은 어느 정도 확보된 듯하다. 너희들, 더불어 흩어져
있던 녀석들도 꽤 모았더군. 이제 예전처럼 다 같이 지내며 훗
날을 도모해야지. 물론 리샤르는 피해야 해. 혹시 또 모르는
일이니. 그리고……."

블스는 잠시 머리를 긁었다.

그의 눈에 로이스와 필시아의 감정이 전해져 왔다.

"너희들은 어떻게 하고 싶냐?"

"네? 무슨 말씀인지……."

"솔직히 말해도 괜찮다."

블스의 말에 둘은 서로의 눈치를 살폈다.

검은 달이 흩어질 때, 로이스와 필시아는 위험을 무릅쓰고

리샤르에 남았다.

몇 명은 남아 있어야 했는데 그 둘이 스스로 자원을 한 것이다.

자신들의 실력을 믿기도 했으며, 카란을 찾는데 도움이 되고 싶었다.

그들은 피의 눈물에게 발각될까 봐 용병일이나 자신들의 능력을 쓰는 일은 전혀 하지 않으며 막일을 했다.

그러다 한 여관에서 주방 보조와 서빙을 구한다는 얘기를 듣고, 함께 취직을 하게 됐다.

숙소도 제공해 줬으니 그들로서는 만족스러운 직업이었다.

그렇게 일을 하면서 카란에 대한 정보를 수소문했고, 블스가 명을 내리면 수행하며 지냈다.

시간이 지났다. 둘은 여관 주인에게 꽤 많은 사랑을 받았다.

필시아는 빼어난 미모로 인해 남자 손님들이 늘어나게 해줬고, 로이스는 요리에 뛰어난 실력을 발휘했다.

특히 눈으로 보기 힘들 정도의 칼질은 그 누구도 따라갈 수 없었다.

그러자 자연스럽게 둘의 수입은 증가하게 됐으며, 둘 역시 살인만 해오다 비록 부유하지도, 여전히 임무를 가지고 있지만… 작은 행복이 크게 와 닿았다.

끝내는 둘이 눈이 맞아 연인 관계로 발전하기까지 했고 말이다.

그 후, 어느 정도 자금이 확보됐을 때 둘은 여관을 차리기까지 이르렀고, 지금까지 오게 됐다.

그동안 몇 번 대화를 나눈 적이 있었다.

지금의 이 평범한 행복 속에서 살고 싶다고 말한 적도 있다.

하나… 언제나 결론은 같았다.

"저희들은 언제나 같습니다. 단……."

"단?"

로이스가 필시아를 자신의 팔로 끌어안았다.

그와 함께 쑥스럽고 미안한 눈빛으로 블스에게 얘기했다.

"카란 형님이 원래대로 돌아오시고, 검은 달이 예전처럼 된다면… 그땐 살수를 그만두고 싶습니다."

"지금의 생활이 좋으냐?"

"죄송합니다, 좋습니다."

로이스가 고개를 푹 숙였다. 당장은 아니지만 마치 자신이 배신자 같았다. 그러나 블스의 표정은 밝았다.

"죄송할 게 뭐 있냐? 잘된 일이지. 안 그래?"

블스가 고개를 돌려 니콜에게 동의를 구했다. 그녀는 실소를 흘리며 살짝 고개를 끄덕였다.

"나 역시 부탁을 하지."

"뭡니까?"

"그때 살수를 그만두고 돌아가라. 단… 잘 살아야 된다. 도움이 필요하면 언제든 찾고."

"감사합니다……."

"고마워요, 마스터."

로이스와 필시아는 고개를 숙였다.

더불어 남은 시간만이라도 그 누구보다 최선을 다하겠다고 다짐했다.

스로우는 홀로 어두운 탁자에 앉아 술을 마시고 있었다.

저울이 존재했다. 처음의 그 저울은 리스네 쪽으로 완벽하게 기울어 있었다.

그러다 시드가 알려준 진실과 함께 저울은 흔들렸다. 어디가 더 무거운지 알 수 없을 만큼 이리저리 움직였다.

그리고 이제는 서서히 한쪽으로 기울었다. 다름 아닌 시드였다.

그날 보여준 리스네의 태도는 아무리 생각해도 이상했다.

만약 아무것도 모르는 상태라면 의아해하더라도 깊게 고민하지 않고 넘겼겠지만, 밝혀지지 않은 진실을 알고 있는 이상 그렇게 쉽사리 무시할 수 없었다.

분명 무언가 있었다. 자신이 모르는 비밀이 리스네에게 존재했다.

어쩌면 시드의 말이 정말 사실인지도 몰랐다.

그날 리스네는 아침이 다 돼서야 돌아왔다. 그녀의 말로는 시드와 오랜 시간 대화를 나누며 오해를 풀었다고 했다.

하지만 지금의 일행과 같이 있고 싶다며 함께 오지 않았다고 했다.

스로우는 무관심한 척 은근슬쩍 그녀를 관찰했다.

혹시 상처난 곳이 있지 않을까 해서였지만, 그런 흔적들은 발견되지 않았다.

그러나 부상을 입었다 해도 그녀의 마법 실력과 치료 포션들이면, 치명상이 아닌 이상 얼마든지 치료할 수 있었을 테다.

그때 페이리가 호기심에 물었다. 그 오해가 무엇이었냐고.

한데, 리스네는 웃을 뿐 아무런 대답을 해주지 않았다.

페이리는 단지 말해주기 싫어서 그런가 보다 생각하는 듯했지만, 스로우는 그렇게만 볼 수 없었다.

"후우."

스로우는 술잔을 내려놨다.

주량을 넘을 정도로 마셨기에 머리가 많이 어지럽고 몸의 균형을 잡기 힘들었다.

그렇지만 술을 빼내어 맨정신으로 돌아가지 않았다. 최근에는 마냥 취해 있고 싶었다.

물론, 리스네가 부를 때에는 술에 취한 모습을 보여주지 않기 위해 알코올을 모두 제거하지만 말이다.

'가보자.'

결국 스로우는 결심과 함께 자리에서 일어섰다.

현재 리스네는 아폴레를 만나러 나간 상황이었기에 저택에 없었다.

스파아앗!

주문서를 이용해 스로우는 빠르게 마르트 왕국으로 이동했다.

그리고 문을 연 마법 상점을 찾아 근방까지 갈 수 있는 주문서를 구한 뒤 주문서를 찢었다.

도착한 다음에는 기억을 더듬어 그때 찾아간 마을을 향해 떨리는 마음으로 달리기 시작했다.

리스네의 말이 사실이라면 그곳은 아무런 변화가 없을 것이다. 어쩌면 시드와 일행이 있을지도 모른다.

만약 없다면 지난 일을 사과하고 그들이 어디로 갔는지 물어보면 된다.

아니, 적어도 그날 아무런 일이 없었는지만 확인할 수 있다면 모든 걱정은 해결될 테다.

저녁이 더욱 깊었다. 새벽이 됐다. 동이 트기 시작했다.

스로우는 숨을 헐떡대면서도 움직임을 멈추지 않았다.

그러자 오전이 다 돼서야 시드와 재회했던 그 마을에 도착할 수 있었다.

그와 함께 스로우는 힘을 잃으며 바닥에 주저앉았다.

분명 자신의 기억은 틀리지 않았다. 이곳이 맞았다. 틀림없다.

하지만… 사람들은 물론 마을조차도 존재하지 않았다.

그뿐 아니라 자신의 힘으로는 만들어낼 수도 없는 전투 흔적이 곳곳에 남아 있었다.

리스네의 말은… 거짓이었다.

*　　　*　　　*

"하아암! 드디어 도착했군!"

한 노인이 기지개를 길게 켜며 마르트 왕국을 향한 배에서 뛰어내렸다.

마치 오우거를 연상시키는 듯한 체격과 인상의 노인은 깊게 숨을 들이마시며 밝은 표정을 지었다.

바닷가 특유의 냄새가 좋았다.

"이번에는 초인족들이다."

그의 정체는 시드에게 다크 플루닉을 건네줬던 무구 상점의 주인 파레토였다.

그가 가게를 닫고 리샤르를 떠난 것은 몇 가지 이유 때문이었다.

시드가 사라진 지 1년 정도 됐을 때, 리스네 가에서 사람들이 찾아왔다.

앞으로는 장사를 그만두고 공작가에 들어와 그녀만을 위한 대장장이가 되라는 것이었다.

더불어 가게에 있는 모든 물건들은 높은 가격을 주고 사가겠다고.

파레토는 단호히 거절했다.

명령 식으로 말하는 그들의 말투도 거슬렸지만 자신은 돈 때문에 일하는 것이 아니었다.

사랑하는 무기와 방어구들이 좋은 임자를 만나 제대로 쓰이는 것이 그의 보람이었다.

그러자 그들은 협박과 회유를 번갈아가며 사용했다.

결국 파레토는 그들에게 알겠다고 대답했다. 자신 역시 공작이 된 리스네 가에서 명예를 누리며 살고 싶다고.

그로 인해 리스네와도 잠시 만나 대화를 나눴고, 결심의 보상으로 꽤 많은 돈을 받게 됐다.

그리고… 가게를 닫고 옮기기로 한 며칠 전, 파레토는 아무도 몰래 리샤르 왕국을 떠났다.

안 그래도 리샤르 왕국에 오래 머물렀다는 생각에, 다른 왕국으로 떠날까 고민하고 있던 시기였다.

한데 때마침 권력을 믿고 함부로 나오기에 처음부터 작정하고 골탕을 먹인 것이었다.

그 후, 여러 왕국을 돌아다니며 장사를 했으며, 드디어 마르트 왕국까지 오게 됐다.

이곳에서도 좋은 주인들을 만나기를 바라면서.

*   *   *

힐끔힐끔.

마르트 왕국에 위치한 피샨 마을.

그곳 초인족들의 시선이 한 곳을 향해 움직였다. 그곳에는 여럿의 사람들과 초인족이 있었는데… 시선이 향하는 이유는 그들의 몰골 때문이었다.

마치 갓 전쟁터에서 돌아온 듯한 모습! 한마디로 더럽고 추

잡혔다!

그들의 정체는 드디어 산을 벗어난 시드와 일행이었다.

"어머. 내가 이런 눈빛을 받다니… 창피해, 정말."

일행과 살짝 거리를 벌린 스피네가 손사래를 치며 눈치를 줬다.

그녀는 항상 여러 벌의 옷이 준비돼 있었고, 아이니의 정령으로 산속에서도 매일 씻었기에 청결을 유지하고 있었다.

물론, 메리아도 마찬가지였다.

시드에게 좋은 모습만 보여주고 싶기에 스피네와 함께 몸을 깨끗이 했으며 옷도 갈아입었다.

가지고 있는 옷이 몇 벌 안 돼 자주 빨아가면서 말이다.

하나, 그녀는 스피네처럼 일행과 거리를 벌리지 않았다. 오히려 더욱 시드의 곁에 붙어 있었다.

그 외 여성인 아이니와 라인, 샤인은 굳이 그럴 필요성을 느끼지 않아 다른 남자들과 마찬가지로 지저분한 상태였다.

그녀들의 생각은 이러했다.

어차피 마을에 도착하기 전까지는 씻고 옷을 갈아입어도 계속 더럽혀질 테고, 또한 다른 사람들도 없으니 굳이 신경 쓸 필요가 없다는 것이었다.

"일단 여관을 잡아야겠어요. 하루는 쉬어도 되지 않을까요?"

시드가 떨어진 스피네를 바라보며 실소를 흘린 뒤, 벨케에게 얘기했다.

메리아나 샤인도 그렇지만 자신들 역시 몸이 무거웠고, 통증이 지속되는 상태에서 쉬지 않고 걸었더니 죽을 맛이었다.

오늘 하루 정도는 육체의 피로를 풀고 싶었다.

벨케가 몸에 건 이상 현상을 풀어주지는 않겠지만 누워 있는 것만으로도 충분한 휴식이었다.

"어서 오세요!"

의견이 일치되자 근처 여관을 찾아 들어간 일행을 초인족 종업원이 반갑게 맞이했다.

그리고 초인족이 아닌 사람들이란 사실에 호기심있게 쳐다보다가 곧 정신을 차리며 원하는 것을 물어봤다.

"하루 묵을 방이 필요합니다."

"네, 몇 개가 필요하시죠?"

종업원의 질문에 시드가 대답을 하려는 찰나, 벨케가 먼저 나서서 간단하게 알려줬다.

"남자들이 묵을 방과 여자들이 묵을 방."

어떻게 보면 당연한 구분이었지만 시드는 속으로 한숨을 내쉬었다.

편히 쉬고 싶었다. 하지만 벨케가 바로 옆에 있다면 눈치를 살펴야 될 것 같았다.

그래서 벨케와 라인을 한방으로 잡으려고 했는데… 이렇게 결정될 줄이야.

"왜 싫으냐?"

그런 남자들의 속내를 알기라도 하듯 벨케가 묻자, 모두는 다급히 고개를 저었다.

그 광경에 벨케는 이빨을 드러내며 씨익, 웃었다.

"그래야 너희들을 계속 수련시킬 수 있지."

"……."

한마디로 계속 괴롭히기 위한 방 배치!

육체적인 수련에 남달리 강한 시드조차 울상으로 만들어 버리는 벨케였다.

아그작, 쩝쩝!

시드는 미친 사람처럼 음식을 먹어대기 시작했다. 그것은 모두가 마찬가지였다.

매일 숲에서 제대로 된 요리를 먹어보지 못했다.

맛있어 봐야 간을 한 구이였고, 몬스터나 아이니의 요리만 보다가 음식점의 요리를 보니 눈이 뒤집힐 수밖에 없었다.

더군다나 계산 역시 벨케가 한다고 했다!

시드로서는 망설일 이유가 전혀 없는 행복한 식사!

그래서인지 시드는 평소보다 더욱 과식하며 배를 채웠다. 그러자 벨케가 흐뭇한 얼굴로 시드를 쳐다보며 말문을 열었다.

"많이 먹어라. 배가 부를수록 더욱 열심히 훈련도 할 수 있을 테니깐!"

순식간에 식욕을 없애 버리는 아름다운 발언!

시드는 왠지 급격히 배가 불러온다는 착각을 느끼며 수저를 내려놨다.

그때 여자들이 먼저 일어섰다. 배를 든든히 채웠기에 이제 씻으려는 것이다.

"오빠는 안 씻어?"

올라가기 전 메리아가 눈을 동그랗게 뜨고 시드한테 물었다.

씻고 싶었다. 안 그래도 무게가 늘어나는 등으로 인해 매일 수없이 땀을 흘려 땀 냄새도 심하게 났다.

그것은 시드뿐 아니라 다른 남자들도 마찬가지였다.

그러나 이번에도 대답은 시드보다 벨케가 먼저였다.

"먼저 가서 씻고 쉬고 있거라. 네 오빠는 아저씨들하고 수련을 더 하고 씻을 테니."

"아… 알겠어요! 오빠, 빨리 올라와야 해?"

시드는 울 것 같은 표정으로 애써 미소를 지으며 고개를 끄덕였다.

그러자 메리아는 환한 미소를 보여준 뒤, 언니들을 따라 2층으로 올라갔다.

"하하. 다들 피곤할 테니 오늘은 가볍게 몸 풀기만 하지. 염려 마라."

모두의 얼굴이 죽을상이 되자 벨케가 웃음을 터뜨리며 안심을 시켰다.

그 얘기에 시드와 남자들은 얼굴이 밝아진 채 벨케를 따라 몸을 풀기 위해 밖으로 나갔다.

그리고… 몸 풀기는 저녁까지 이어졌다.

"정말 사람도… 아니, 초인족도 아냐!"

가장 마지막으로 몸을 씻은 시드는 방으로 들어와 벨케가 없다는 것을 확인하자 투덜거렸다.

다른 이들은 모두 잠든 상태였다.

아무래도 씻고 오자마자 그대로 쓰러진 듯했다.

몸 풀기… 말이 몸 풀기지, 그건 끔찍한 수련과 다름없었다.

하루 종일 뛰고, 움직였으며, 근력을 단련했다. 만약 몸 상태만 괜찮다면 충분히 견딜 만했다.

아니, 에스의 무게 마법이 있다 할지라도 마찬가지다.

한데, 움직일 때마다 밀려오는 통증은 여전히 익숙해지지 않았다.

'그래도 다들 잘 견디시네.'

시드는 빈자리에 앉으며 잠든 이들을 쳐다봤다.

자신조차도 하루하루가 힘겨운데 저들은 얼마나 버티기 힘들까?

그럼에도 강해지고 싶다는 일념 하나에 이 악물며 버티고 있는 것이었다.

사실 매일 질리고 투덜거리기는 해도, 하기 싫으면 안 해도 되는 수련이었다. 강제가 아닌 선택이니 말이다.

하지만 불만이 가득하면서도 모두는 이겨내고 있었다.

어쩌면 카네가 떠난 이후, 이들은 더욱 강해졌는지도 모른다.

“메리아도 잠들었을 테고…….”

만약 자지 않았더라면 바로 옆방이라 인기척이 들렸을 텐데도 찾아오지 않았을 리가 없다.

결국 시드는 자세를 잡고 마나 호흡을 하기 시작했다.

평소라면 밖으로 나가서 했겠지만 시드조차 오늘은 움직이기 싫었다.

그렇게 호흡을 한 지 1시간 정도가 지났을 때였다.

벨케의 목소리가 자신한테만 전달되자 시드는 두 눈을 떴다.

“내려와라, 한잔 하자.”

아래층에서 혼자 술을 마시고 있던 벨케가 찾는 것이다.

정말 술만 마실까? 혹시 술이 취해서 자신한테만 수련을 시키는 것이 아닐까?

불안한 예감이 들자 차라리 잠든 척해 버릴까… 시드는 갈등했다.

하나 뛰는 시드 위에 나는 벨케였다.

“마나 호흡을 하는 거 다 알고 있으니 얼른 대답하는 게 좋을 거다.”

“네! 내려가고 있습니다!”

언제 고민했냐는 듯 순식간에 아래층으로 달려나간 시드!

벨케가 그 모습에 실소를 흘리며 술잔을 내밀었고, 시드는 자리에 앉았다.

한 잔, 두 잔, 세 잔…….

시드로서는 술을 반길 마음 상태였고, 벨케 역시 평소 즐기는 편이었기에 둘이 술을 비워내는 속도는 무시무시했다.

그로 인해 자연스럽게 둘은 취기가 올랐다.

그럴 때쯤 벨케가 고기 안주를 집으며 말을 꺼냈다.

"단단해지기만 하지 말아라."

"네?"

시드가 고개를 갸웃거리며 되물었다.

"너무 단단해지기만 하려 하면… 한 번에 부러진다. 단단하되 부드러워라. 그 어떤 것도 받아내고, 튕겨낼 수 있도록. 한때 나는 단단하기만 했던 적이 있었다. 그러다 한 번에 부러지고 말았지. 이 가슴이……."

벨케가 손바닥으로 자신의 가슴을 툭툭, 쳤다.

"한 번 부러지니 복구가 쉽지 않더군. 힘드냐?"

시드는 아무런 대답을 하지 않았다. 말하지 않아도 그 역시 잘 알 테니.

"힘들 것이다. 앞으로도 힘들어질 수 있다. 너의 길은 그러하다. 상처를 통증이 아닌 너의 일부로 느껴라. 아플지라도 그래서 기쁨도 알 수 있는 것이라 받아들여라. 그러면 단단해지면서도 부드러워질 수 있을 것이다. 부러지지 않은 채."

시드는 옅은 미소를 지으며 천천히 고개를 끄덕였다.

그의 진심 어린 조언이라는 사실을 느낄 수 있었다.

그러고 보니 그날 이후부터 계속 그러했다.

벨케 역시 마탈 급이기에 잠이 거의 없는 편이었다. 한데…
그런 그가 잠을 잘 때가 있다면 시드가 잠들었을 때였다.

시드가 간혹 잠이 들어 깨어날 때면 벨케 역시 잠에서 깨어났다. 시드가 깨어 있을 때는 벨케 역시 항상 깨어 있었다.

그는 느끼고 있었던 것이다.

시드의 마음은 부드러운 탄력이 없다는 사실을.

그래서 말로 위로하거나, 챙겨주지는 않았지만 행동으로 걱정해 주고 있었다.

"고맙습니다."

이제야 벨케의 행동 하나하나가 자신을 챙겨주고 있었다는 점을 깨달은 시드.

벨케는 손사래를 치며 술잔을 내밀었다. 시드는 웃으며 잔을 마주쳤다.

그러자 벨케가 농담처럼 말을 꺼냈다.

"우리 기분도 좋은데 나가서 몸이나 풀까?"

"으하하! 그럴까요?"

시드는 장난으로 맞받아쳤다.

"좋다. 가볍게 아침까지만 풀자!"

"……"

그날 밤은 유난히 길었다…….

CHAPTER 05
바에튼과 시란

돌아온 스로우는 피로에 지쳐 자신의 침대에 쓰러지듯 누웠다.

원래 이 시간이면 수련을 한참 하고 있을 때였지만, 오늘은 쉬고 싶었다.

두통이 밀려왔고 왠지 모를 구토까지 치밀었다.

믿음… 리스네가 어릴 때부터 곁에서 지켜주고 보살펴 주며 평생을 보냈다.

훗날 리스네에게 검을 겨누었던 적도 있었지만 가족들이 인질로 잡힌 상태였고, 한편으로는 리스네를 위하는 마음이기도 했다.

시드와 카란의 도움으로 모두 잘 풀리게 됐고, 그 후로는 리스네에게 더욱 충성을 맹세했다.

그녀가 공작이 됐을 때 가장 기뻐한 것도 자신이었다.

영리한 자신의 주군. 착하고 배려를 할 줄 아는 자신의 주군. 공작의 자리에 올랐으면서도 신하들을 배려할 줄 아는 주군.

스로우에게 있어서 리스네는 그러했다.

딸과 같았으며, 동생과 같았고, 때로는 친구처럼, 누나처럼 편안히, 따스하게 대해주는… 자신이 평생을 바칠 리스네.

그런 리스네가 뒤틀리기 시작한 것은 시드가 나타나면서부터였다.

그리고… 어둠에 잡아먹혔던 진실이 빛났다.

'도대체 왜… 그랬습니까?'

이해는 된다. 이세스는 그 누구라 할지라도 부활시키고 싶은 플루닉이었으니.

그로 인해 가문까지 공작의 영광을 다시 되찾게 됐다.

하나… 인간적 도리로 해서는 안 될 짓이었다.

어떻게 시드의 마나를 모두 빼앗고, 그도 모자라 비밀을 지키기 위해 죽이려 할 수 있다는 말인가.

시드는 그녀를 구해준 은인이었다.

아무리 돈을 받았다고는 하지만, 만약 시드가 없었다면 카란도 그녀를 도와줄 일이 없었고, 이세스는커녕 이미 죽게 됐을지도 모르는 일이었다.

한데… 그녀는 그 모든 것을 잊은 채 자신의 이익이란 악마한테 혼을 팔았다.

　'공작님, 리스네 공작님…….'

스로우는 탄식을 내뱉었다.

그러면서 마을에서 본 전투 흔적을 재차 떠올렸다.

분명 마탈 급들의 싸움이었다. 그것도 실력을 예측할 수도 없는 자들의.

그 정도 흔적이라면 프리야, 아폴레 공작도 불가능한 수준이었다.

하나 그라면 가능했다. 시드의 편에서 가면의 남자조차 쓰러뜨렸던 존재.

그와 가면의 남자, 이세스의 플루닉이라면 가능한 흔적… 아니, 그들밖에 존재하지 않았다.

적어도 자신이 아는 실력자들의 선에서는 말이다.

그만큼 마을은 초토화되어 있었다. 아니, 마을뿐 아니라 그 땅 자체가 죽음의 땅으로 돌변했다고 표현하는 게 정확할지도 모른다.

"찾아내자."

스로우는 주먹을 불끈 쥐었다.

마음 같아서는 당장에라도 떠나고 싶었다.

그렇지만 아직 리스네의 입으로 직접 듣거나 본 것은 아니다. 그렇다고 자신의 판단이 틀렸다고는 생각하지 않는다.

즉, 심증은 확실한데 물증이 없는 상태였다.

찾아내야 한다. 확실한 물증을, 리스네가 변명조차 할 수 없는 그런…….

그때 떠나도 늦지 않을 테니…….

*　　　*　　　*

"헤엑, 헤엑!"

벨트라가 터질 듯한 얼굴로 숨을 거칠게 내쉬었다.

"후아, 후아!"

우드는 당장에라도 쓰러져 죽을 것 같았다.

"메리아! 메리아!"

트라이가 그녀를 목 놓아 부르며 울먹거렸다.

"우우, 우우!"

생긴 것도 몬스터 같은 배커스가 짐승의 울음과 비슷한 신음을 내며 헐떡댔다.

"나는 활만 쏘고 싶다!!"

마을을 떠난 이후 제대로 활 연습을 하지 못하고 있는 스크푸의 절규가 들렸다.

그 모든 것을 지켜보고 있는 시드 역시 별반 다르지 않았다.

육체의 피로, 동시에 끔찍한 고통들. 그 속에서 이를 악문 채 수련에 임하고 있었다.

항상 긍정적인 마인드를 가지고 싶었다.

이 모든 수련은 강해지기 위한 것이다! …는 개뿔. 고문과 다를 바 없었다!

말이 아픔에 익숙해지는 것이지, 자신을 귀찮게 했다고 소심함이 작렬한 것 아닌가!

물론, 매일 끔찍한 고통에 시달리다 보면 한계를 넘어서게 될 테고, 예전보다 더욱 좋아지는 것은 사실이었다.

하나… 과하면 부족한 것보다 못하다고 했다!

사람이 견딜 수 있는 정도로 굴려먹어야지! 한번 움직이기만 하면 피부가 찢어지는 듯하고, 근육이 끊기는 듯한 아픔이 밀려오다니.

"우리 언제까지 이래야 되냐?"

한낮의 태양 아래 땀을 뻘뻘 흘리며 달리고 있던 벨트라가 눈물을 머금은 채 말했다.

그러나 대답을 해줄 이는 아무도 존재하지 않았다. 같은 심정이지만 폭군 벨케에게 맞설 수는 없었다.

시드마저 굴복하고 있는데, 그 누가 따지겠는가!

"허억, 헉! 여자들은 좋겠다."

저러다 숨이 멎는 게 아닐까? 싶을 정도로 힘겹게 호흡을 하던 우드가 진심으로 부러워하며 중얼거렸다.

현재 여자들은 한마디로 쇼핑을 간 상태였다.

무슨 생각에서인지 벨케가 하루 더 있자고 했는데, 라인이 시내에 나가서 놀고 싶다고 했다.

그렇게 해서 옷도 사는 등, 하루 놀기로 결정됐으며 자연스럽게 메리아와 샤인이 시드의 양손을 붙잡았다.

그러자 친절한 벨케씨는 여전히 웃음 가득한 얼굴로 남자들은 수련을 해야 되니 여자들끼리만 다녀오라고 했다.

메리아를 제외하고는 각자 자기 몸을 지킬 실력이 충분하고, 더군다나 라탈 급이 두 명이니 남자들이 함께 가지 않아도 충분하다는 판단이었다.

그래서 시드와 남자들은 내심 벨케만이라도 같이 가서 즐기기를 바랐다.

하나, 치밀한 벨케씨는 그러시지 않았다.

다들 고생하는데 같은 남자인 자신만 빠질 수 없으니 함께 남겠다며… 굳이 불필요한 배려를 선보였다.

그로 인해 농땡이도 피우지 못하고 모두들 죽어가는 중이었다.

"여관이 보입니다……."

시드가 땀에 젖은 채 가장 먼저 여관을 발견하고 저도 모르게 중얼거렸다.

그리고 자신의 실수를 알아차리며 아차 했다!

항상 뛰어난 시력으로 목적지를 가장 먼저 발견했고, 알려주다 보니 버릇이 된 것이다. 하지만 오늘만큼은 그래선 안 됐다.

다들 열심히 뛰는 이유가 여관까지 선착순이기 때문이다.

1, 2, 3등에게는 각각의 보상이… 4, 5, 6등에게는 그에 합당한 수련을 주겠다고 했다!

"우오오!"

모두들 하나같이 신음을 지르며 젖 먹던 힘을 끌어올렸다.

이때까지는 벨케를 씹으며 하나된 우정을 선보였으나, 지금 이 순간만큼은 그딴 건 없었다.

오로지 순위권에 들겠다는 처절한 집념!

그들의 두 눈동자에는 달콤한 휴식이 광기로 맺혀 빛났다!

퍼어억!

"케에엑!"

그러다 뒤에 살짝 처져 있던 우드가 스크푸를 발로 까서 쓰러뜨리는 반칙 사태까지 발생!

선두에서 달리는 시드는 등 뒤에서 살기를 느꼈다!

잡히기만 해라! 무조건 까버린다! 1등, 2등, 3등은 우리의 것이다!

마치 한에 사무친 악령들의 속삼임이 들리는 착각마저 일으킬 정도!

"으아악!"

결국 웬만해서는 기합조차 잘 넣지 않는 시드가 힘차게 소리를 내지르며 전력 질주를 했다.

현재 마나를 쓰지 않은 채 기본적인 체력과 인내심으로 달리고 있었다.

물론 그렇게 해도 시드를 앞설 자는 존재하지 않았지만, 문제는 공평성을 위해 시드한테는 유독 무게나, 고통의 강도가 컸다.

그래서 시드조차도 언제든지 따라잡힐 수 있었다.

"1, 1등이다!"

결국 불꽃 근성을 선보이며 시드는 선두로 벨케가 기다리고 있는 여관 뒤뜰에 도착했다.

그 뒤를 트라이와 배커스, 4, 5, 6등은 벨트라, 스크푸, 우드의 순이었다.

"하하! 다들 열심히 달렸군."

벨케가 있음에도 불구하고 도착하자마자 쓰러진 여섯 명을 보며 그는 흐뭇한 얼굴로 말했다.

그리고 약속대로 순위에 합당한 수련과 혜택을 선사했다.

"꼴찌인 우드는 저녁까지 나와 훈련."

반칙까지 했으나 저질 체력으로 꼴찌를 한 우드의 얼굴에 절망이 감돌았다.

맘 같아서는 오로라로 변신해 꼬리로 한 대 갈기고 싶었다.

그렇지만 자라날 때마다 시드에게 꼬리를 뜯겼기에 애써 참는 모습!

사실… 꼬리가 있다 할지라도 꾹 참았을 우드였다.

"스크푸도 저녁까지 나와 훈련."

스크푸의 얼굴에 경기가 일어났다.

5등이기에 차마 말은 못하고 있지만 나름 불만스러웠다.

그래도 꼴찌와 꼴찌 앞은 차이가 있는 법인데! 왜 똑같이 저녁까지 훈련을 받아야 한단 말인가!

그러나 차마 입 밖으로는 꺼내지 않았다. 오래 살고 싶기에.

"네 번째인 벨트라는… 아쉽게 3등을 못했으니, 저녁까지

나와 훈련.”

“잠깐만요!”

벨트라가 손을 번쩍 들어 올리며 소리쳤다!

말은 위해줄 듯하면서 결과적으로는 스크푸, 우드와 똑같은 시간의 훈련이었다! 이렇다면 4등이라도 하기 위해 이 악물었던 이유는 무엇인가!

‘참지 마십시오!’

시드는 속으로 간절히 응원했다.

달려오면서 그가 말했었다. 만약 순위권에 들었는데 혜택이 마음에 들지 않는다면 자신이 나서겠다고!

시멘 용병단의 창시자이자 리더이다!

아무리 벨케가 무섭다고 해도 한계가 있는 법이며 그에게도 자존심이 살아 숨 쉬었다!

“뭐냐?”

벨케가 눈을 찌푸리며 되받아쳤다. 그럼에도 벨트라는 표정 하나 변하지 않은 채 벨케를 당당히 마주 봤다!

그 모습에 모두가 기대를 한껏 머금었을 때, 벨트라가 숨도 쉬지 않고 빠르게 말했다!

“열심히 훈련받겠습니다!”

그의 자존심은 죽은 지 오래였다…….

“자, 이제 혜택을 줄까?”

벨케의 말에 시드와 트라이, 배커스는 기대에 들뜬 채 그의 얘기를 기다렸다.

많은 것은 바라지 않았다. 단지 오늘 하루 푹 쉬게 해준다면 충분히 감사할 뿐이었다.

'제발, 제발.'

시드 역시 같은 바람이었다.

육체 수련도 분명히 도움이 되지만, 자신은 저녁부터 아침까지 또 수련을 받지 않았던가!

그렇기에 편히 앉아서 마나 호흡법만 하고 싶은 날이었다.

"먼저 3등인 배커스에게는……."

배커스는 긴장감에 침을 꿀꺽 삼켰다.

평소 표정 변화가 거의 없고, 말수도 적은 그였지만, 지금 이 순간만큼은 떨고 있다는 사실을 모두가 알 수 있었다.

"예상외의 선전을 했으니 나와 저녁까지 훈련."

"……."

희비가 교차하는 순간!

배커스는 자신의 귀에 살이 쪄서 잘못 들은 것이라 믿고 싶었고, 이미 훈련을 낙찰받은 세 명의 입가엔 감출 수 없는 미소가 번졌다.

"분명히 혜택을 주신다고……."

결국 배커스는 억울함을 토로했다.

하지만 벨케는 이미 예상했다는 듯 여유롭게 대처했다.

"그래, 혜택을 주지. 내 특별히 더욱 열심히 가르쳐 주마."

'그게 혜택이냐!'

곁에서 얘기를 듣던 시드는 다리가 휘청거렸다.

이럴 줄 알았더라면 차라리 꼴찌를 하는 것인데… 왜 그렇게 죽을힘을 써서 1등을 한 것일까!

"2등인 트라이도 나와 저녁까지 훈련."

"네… 그래야죠……."

앞의 상황을 주시하던 트라이는 모든 것을 체념한 듯 힘없이 대답했다.

포기가 빠른 남자였다.

"마지막으로 1등인 시드는 오늘 하루 쉬어라."

"네, 알겠… 컥! 정말입니까?"

무심결에 대답하던 시드는 자신의 귀를 의심하며 되물었다.

이럴 수가! 1등만큼은 정말 혜택이었다니! 시드는 기쁨을 감추지 못했다. 동료들의 아쉬운 눈초리가 박혔지만 얼마든지 무시할 수 있는 철면피가 그에게 존재했다!

하나… 시드의 기쁨은 오래가지 않았다.

"농담이다."

"……."

"너는 1등을 할 정도로 의지가 대단하니… 특별히 새벽까지 나와 훈련이다!"

"도대체… 시합을 하신 이유가 뭡니까!"

결국 시드는 분을 참지 못하고 따졌다.

아니, 이럴 것이면 차라리 계속 훈련을 시키던가. 괜히 기대를 줘놓고 한 번에 빼앗아가다니! 희망 고문도 아니고 말이다!

벨케는 시드의 처절한 눈빛을 확인했다. 그래서일까? 진지한 표정을 지으며 시드에게 진심으로 답했다.

"그냥."

좋은 농락이었다…….

밤이 깊었다. 여관 뒤뜰에서는 죽어가는 숨소리와 우렁찬 목소리가 번갈아가며 들렸다.

죽어가는 건 당연히 남자들이며, 우렁찬 이는 벨케였다.

"더 빠르게, 더 열심히!"

'당신도 똑같이 하던가!'

자신만 멀쩡한 몸 상태로 수련을 하면서 자꾸 잔소리를 하자 모두는 벨케가 하염없이 얄미웠다.

하나 아무도 티를 내지 못한 채 수련에 열중할 수밖에 없었다.

오후에 시드가 한번 분을 참지 못하고 투덜댔다가… 봉변을 당했기 때문이다.

실전 연습이라는 핑계와 함께 처절한 구타! 복날에 개도 그렇게 맞지 않을 것이다!

그 구타 이후로 모두는 불평은커녕 오히려 열심히 훈련을 따랐지만, 시간이 지나자 지칠 수밖에 없었다.

그때였다. 누군가가 시드의 등 뒤에서 어깨를 두드렸다.

시드는 무심결에 고개를 돌렸다가 턱에 강렬한 통증을 느꼈다.

퍼어억!

"뭐, 뭐야! 저 괴물은!"

"……."

벨케에게 실컷 두들겨 맞은 이후 치료도 받지 못했다.

얼굴이 벌에 쏘인 듯 퉁퉁 부은 상태에서 계속 수련을 하는 중이었다.

그 정도 통증은 참을 줄도 알아야 한다는 벨케의 친절함 때문에!

사실 온몸에서 밀려오는 통증이 너무 극심했기에 이 정도는 견딜 만했는데… 그 상황을 모르는 누군가가 시드가 돌아보자 너무 놀라 때려 버린 것이다.

일명 구타를 부르는 얼굴!

"시드입니다… 오셨군요."

턱을 매만지며 시드는 씁쓸하게 말했다.

자신을 때린 사람은 다름 아닌 사라졌던 에스였다.

"왜 그딴 얼굴로 있는 것이냐? 놀랐잖아."

'네… 다 제 잘못입니다…….'

때려놓고 사과는커녕 오히려 시드의 잘못이라 주장하는 에스!

벨케와 에스한테 대들어봤자 자신만 손해라는 사실을 잘 알기에 시드는 애써 눈물을 머금으며 인정했다.

"호오, 그래?"

에스가 벨케와 잠시 잡담을 나누더니 재미있다는 표정으로 일행에게 다가왔다.

그리고 몸 곳곳을 살피더니 벨케를 돌아보며 말했다.

"흠, 이러면 너무 힘들지 않을까? 풀고 나의 마법을 다시 시전하는 건 어때?"

에스의 발언에 모두의 두 눈동자에는 희망이 샘솟았다.

물론, 에스의 무게 마법도 견디기 힘들었다. 하지만 시간이 지날수록 익숙해졌고, 효과를 느꼈었다.

한데 벨케는 거기다 고통까지 추가했으니, 당연히 에스의 마법이 모두에게는 백배 나았다!

제발! 제발! 제발! 제발! 제발! 제발!

하나되어 마음속으로 간절히 기도하는 여섯 명의 남자들!

벨케는 그 눈빛을 쳐다보고 안쓰러웠는지… 단호히 거절했다.

"안 돼. 고여 있다 보면 썩게 되는 법이다. 매번 발전된 훈련을 받아야 해."

'더 발전됐다가는 제자들 잡겠습니다그려.'

어차피 기대하지 않았던 시드는 버려진 강아지처럼 슬픈 눈망울로 에스를 쳐다봤다.

벨케에게 발언력이 있는 사람이라면 에스뿐이었다.

만약 그녀가 반발한다면 벨케 역시 물러설 것이다!

에스! 에스! 에스! 에스! 에스! 에스!

여섯 명은 재차 하나가 되어 그녀의 이름을 마음속으로 외쳤다.

그 간절함을 알아차렸는지 에스는 실소를 한 번 흘리고 벨케에게 자신의 뜻을 전했다.

"그러고 보니 그날 꽤 귀찮았지. 네 뜻대로 하는 게 좋겠어."

"……."

둘 다 한패였다.

"도착했다."

마을 몇 개를 지난 다음에서야 일행은 목적지에 도착할 수 있었다.

"정말입니까?"

그 얘기를 가장 먼저 반긴 것은 시드였다.

온몸이 비명을 지르고 있었다. 그런데 시일이 꽤 지난 탓일까.

이제는 통증에도 익숙해지려 하고 있었다.

처음에는 잠을 자다가도 깜짝 놀라며 깨고는 했다.

하지만 그들도 이제는 아무리 아파도 거의 깨지 않을 정도로 통증과 하나되어 갔다.

"그래, 이곳이 바로 바에튼의 저택이다. 10년 전에."

"……."

전혀 알아보지도 않은 채 10년 전 집을 찾아온 센스!

시드는 진심으로 감탄했다. 벨케의 무심함은 어디가 끝이란 말인가!

"다녀오마."

벨케는 일행이 충격을 받았든 말든 무시한 채 무작정 문을 열고 안으로 들어갔다.

이제 와 다시 돌아갈 수도 없는 노릇이니 제발 바에튼의 집이 맞기를 바랄 수밖에 없는 상태였다.

그렇게 10여 분의 시간이 지났을 때, 벨케가 문을 열고 밖으로 나오더니 손짓했다.

"들어와라. 아직 이곳에 살고 있는군."

벨케의 손짓에 일행의 표정이 밝아졌다.

만약 이곳이 아니라면 바에튼을 다시 찾던가, 노숙을 해야 했는데, 그 무엇도 쉽지 않았던 탓이다.

'생각보다 크지는 않네.'

안내를 받아 안으로 들어가며 시드는 주위를 관찰했다.

보통 다른 왕국의 공작들이라면 저택이 화려한 편이었다. 물론 그렇지 않은 경우도 있었지만 대부분은 말이다.

한데, 장로라면 분명 공작의 직위인데 대단히 평범했다.

크지 않은 정원과 연무장이 있고, 3층 저택이 있었는데, 웬만한 백작들도 이보다 좋은 집에 살았다.

장로치고는 꽤나 검소한 성격 같았다.

"잠깐 구경하도록 하지."

저택의 문 앞에 초인족 수하들이 지키고 있었는데, 벨케가 일행을 돌아보며 말했다.

그들은 다른 왕국의 병사나 기사들처럼 모두가 무기를 챙겨 들고 있지 않았다.

초인족들도 분명 무기를 쓰기도 하지만 많은 수가 변신에 의지한 채 싸우는 경우가 많은 탓이다.

"무슨 일 있습니까?"

저택를 쳐다보며 시드가 물었다.

"나도 몰라."

"네?"

시드는 어안이 벙벙했다. 자신들을 데리고 들어왔다는 건 분명 바에튼에게 허락을 받았기 때문이라 믿었다.

그리고 기다리자고 한 것은 지금은 들어갈 수 없기 때문이 아닌가.

한데, 모르겠다니?

"아. 집사가 있는데 그놈이 일단 정원에서 기다리라고 했어. 자세한 건 조금 있다가 알려주겠다고."

"그러면 아직 이곳에서 지내는 게 결정된 것은 아니네요?"

시드가 실망을 담아 묻자, 벨케는 무슨 말이냐는 듯 되물었다.

"왜? 이곳에서 지낼 거다."

"아니… 아직 만나지도 못했잖아요!"

"그래도 난 지낸다! 내가 지낸다면 지내는 거야!"

진정한 막무가내의 선두 주자!

'이런 벨초딩 같으니!'

시드는 앞으로 그에게 속으로 초딩이라 부르기로 결심하며, 그의 말에 따라 정원에 자리를 잡고 앉았다.

“예쁘다.”

“그렇지?”

정원 한편에 위치한 작은 연못에 살고 있는 물고기를 보며 메리아가 신난 듯 말하자, 시드가 맞장구쳤다.

벨케를 만난 이후, 하루 종일 수련을 한다고 잘 놀아주지 못했다.

물론, 메리아 역시 남는 시간은 마법 연습에 열중이기에 나름대로 좋게 작용하기도 했지만.

“샤인, 너는 어떤 게 제일 예… 힉!”

메리아가 웃는 얼굴로 샤인을 돌아보다가 깜짝 놀랐다.

그 반응에 시드 역시 무심결에 고개를 돌렸고… 눈동자가 가자미처럼 얇아졌다.

세상에! 연못 속의 물고기를 손으로 잡아 생으로 뜯어 먹고 있었다! 아무래도 배가 고팠던 모양이다.

“그래, 맛있게 먹어라…….”

아직 살아 있다면 당장 내려놓으라고 했겠지만, 이미 물고기는 상체 반이 사라져 죽음을 맞이한 상태였다.

저걸 다시 넣을 수도 없고, 먹고 있는 걸 뺏어버리기도 뭐하기에 시드는 손짓과 함께 한숨을 내쉬었다.

그때였다. 저택의 현관문이 열리며 한 노인이 허겁지겁 달려나왔다.

“벨케님, 벨케님!”

"무슨 일인가, 틸로?"

벨케는 갑작스러운 부름에 고개를 돌렸다.

틸로는 바에튼의 집사로 깡마른 몸과 순정만화에서나 나올 법한 크고 맑은 두 눈동자를 가지고 있었다.

"상황이 좋지 않습니다."

"그래? 시드."

"네?"

시드는 쪼그려 앉아 있다가 자리에서 일어나며 대답했다.

"같이 들어가자."

"제가요?"

시드는 머리를 긁적였다. 아직 손님과 대화중이고, 마찰까지 있는 듯한데 친분도 없는 자신이 들어가기에는 뻘쭘했다.

그러나 벨케가 가자고 하는 것이라 거절할 수도 없었다.

"알겠습니다."

시드는 어쩔 수 없다는 듯 벨케를 향해 다가가다가 고개를 돌려 샤인에게 경고를 날렸다.

"샤인, 여기 물고기 다시는 잡아먹으면 안 돼!"

"히유……."

시드가 잔소리를 하자 샤인은 금세 풀이 죽어 힘없는 얼굴로 고개를 끄덕였다.

그런 샤인을 메리아가 달랬고, 시드는 메리아에게 웃는 얼굴로 손을 흔들어준 뒤, 벨케와 틸로를 따라 안으로 들어갔다.

"그래서… 끝까지 거절하겠다는 것인가!"

접대실 문 앞에 서자 심상치 않은 소리가 터져 나왔다.

굵고 허스키한 목소리를 가진 남자는 화가 단단히 난 듯했다.

똑똑.

그러자 틸로가 황급히 노크를 하더니 문을 열었다. 시드는 그때서야 안의 광경을 확인했다.

왼쪽에는 인상이 밝고, 흰색 머리카락을 보유한 노인과 20대 초반이 됐을 법한 여자가 앉아 있었다.

그들의 얼굴에는 난처함이 깔려 있었는데, 바에튼과 그의 손녀라는 시란 같았다.

그 맞은편에는 배가 남산만 하고, 눈이 찢어진 노인과 30대 중반 정도의 한 남자가 앉아 있었다.

눈이 찢어진 노인이 씩씩대는 것을 보니 조금 전 고함의 주인공인 듯했다.

"아니, 자네는?"

갑작스러운 방문에 바에튼이 놀람과 기쁨이 서린 눈동자로 벌떡 일어섰다.

그는 벨케와 시드를 번갈아 쳐다봤는데 두 눈이 금세 붉게 충혈됐다.

벨케가 먼저 자신을 찾아온 경우는 처음이었고, 지금의 복잡한 상황에서 그를 보니 긴장이 풀린 것이다.

바에튼은 평소 심성이 고왔으며 마음이 여린 편이었다.

"하하, 놀랐냐?"

벨케가 그런 바에튼을 꼴리자 그는 다급히 두 눈을 비비며
고개를 끄덕였다.

"자네가 찾아왔는데 어찌 안 놀라겠는가? 몇 년이 지나도
얼굴 한번 보기도 힘든 사람이."

"뭐, 신세 좀 지려고 왔는데, 저것들은 뭐냐?"

벨케가 귀를 후비며 손가락으로 맞은편 남자들을 가리켰다.

그러자 앉아 있던 노인과 남자의 얼굴이 일그러졌다.

"네놈이 감히 죽으려고! 내가 누군지 아느냐!"

"네가 누군데?"

벨케의 도발에 바에튼은 난처해했고, 지금 무슨 일이 벌어
지고 있는지 영문을 알 수 없는 시란은 예쁜 두 눈을 크게 뜬
채 손으로 입을 가리고 있었다.

그러다 시드와 두 눈이 마주치자, 시드는 씨익 웃어줬다.

벨케가 저러는 걸 말릴 수는 없고, 여자나 안심시켜 주기 위
해서였다.

그러자 시란의 얼굴이 살짝 붉어지며 다급히 시선을 피했
다.

'예쁘네.'

시란의 미모는 참으로 뛰어난 편이었다.

같은 초인족인 라인도 예쁘지만 그녀가 활발하고 섹시한 타
입이라면, 시란은 청순하고 고귀한 기품이 느껴졌다.

"바에튼… 저놈을 죽여도 되겠지?"

"이보게, 베부드! 그러면 안 되네!"

“이봐, 그럴 처지가 아닐 텐데? 아니면 자네도 나를 능멸하는 것인가?”

베부드는 재차 고함을 버럭 질렀다.

“아, 귀청 찢어지겠네. 배부른이든, 베부드이든… 그만 나가줄 마음은 없냐?”

“커어억!”

벨케가 인상을 찌푸리며 말했다. 베부드는 치솟는 혈압에 뒷목을 잡고 자리에 주저앉았다.

살다가 이런 모욕은 경험해 본 적이 없었다!

단지 그 사이에 낀 바에튼만이 울상이 되어 죽어나갈 뿐이었다.

상황이 그렇게까지 되자, 결국 시드가 등 뒤에서 벨케의 옆구리를 살짝 찔렀다.

그리고 바에튼과 시란의 표정을 볼 수 있게 눈짓을 줬다. 그때서야 벨케는 턱을 긁으며 손사래를 친 뒤 자리에 앉았다.

그만하자는 뜻이지만, 베부드의 입장에서는 더욱 화를 부추기는 행동이었다.

“바에튼… 내가 누구인지 알려주게.”

베부드가 벨케에게서 살기 어린 시선을 떼지 않으며 딱딱하게 말했다.

“베, 벨케… 베부드는 사대 장로 중 한 명이네.”

“오호, 그래서?”

하나 벨케에게서 나온 반응은 베부드의 예상과 전혀 달랐다.

자신이 누구인가? 마르트 왕국에서 가장 강력한 권력을 가지고 있는 베부드였다!

왕을 제외하고는 그 누구도 함부로 할 수 없는 존재!

그런데… 이건 겁을 먹기는커녕, 관심없다는 듯 대꾸하다니?

"사대 장로이니 빌기라도 해야 되나?"

벨케가 다리를 꼬며 베부드에게 물었다. 베부드의 온몸에서 폭발적인 살기가 뻗어 나왔다.

벨케의 곁에 서 있는 시드조차 움찔거릴 정도였다.

그러니 바에튼과 시란은 견디기도 힘들었다. 둘은 창백해진 얼굴로 온몸을 벌벌 떨었다.

하나, 시란은 조금 달랐다. 그녀 역시 두려움에 질린 것은 같으나, 그래도 이성을 찾으며 바에튼을 챙기려 했다.

'꽤 심지가 강한데?

시드는 그 모습에 왠지 모르게 미소가 맺혔다.

"꼬우면 한판 뜨던가?"

살기를 정면에서 받아들이던 벨케가 도발을 했다.

귀찮았다. 얼른 끝내고 바에튼과 좋은 시간을 보내고 싶었다.

'변화가 많았군.'

기존의 사대 장로들은 모두 벨케의 얼굴을 알고 있었다.

하지만 영원한 것은 존재하지 않듯, 장로들도 한 번씩 교체가 되고는 했었다.

이유도 여러 가지였는데 사라지거나, 수명이 다하거나, 혹은 실력에 밀려서 등등…….

바에튼 역시 한 장로가 이유를 알 수 없이 사라지면서 장로의 자리에 오르게 됐었다.

그로 인해 현재 장로들 중에서 벨케가 아는 얼굴은 존재하지 않았다.

그 이전부터 알고 지낸 바에튼을 제외하고는 말이다.

"크큭, 그래. 원한다면 해주지……."

베부드는 오히려 기쁘다는 듯 도전을 반기며 비웃었다.

하지만 그때 곁에 앉아 있던 남자가 그의 손을 붙잡더니 말문을 열었다.

"아버지까지 움직이실 필요 없습니다. 제가 처리하겠습니다."

"그러겠느냐?"

아들이 나서자 베부드는 대견하다는 듯 쳐다보며 되물었다.

"네, 시란 양에게 저의 실력을 제대로 보여 드리고도 싶고, 저 건방진 늙은이는 제가 용서할 수 없습니다."

'그런 거였나?

시드는 쓰게 웃었다.

아무래도 저 아들이 바에튼의 손녀인 시란을 좋아하는 듯했다.

그래서 아버지의 권력으로 그녀를 손에 넣고 싶은데, 쉽게 잘 안 풀리자 분위기가 험악해졌던 것 같고.

“알겠다, 우리 아들을 믿어보마.”

“감사합니다.”

벨케는 같잖다는 듯 쳐다보다가 김이 빠진 듯 시드를 향해 고개를 들었다.

“시드.”

“네?”

뜬금없는 부름에 시드는 벨케를 내려다봤다.

“내가 저런 젖비린내 나는 놈이랑 놀아야겠냐? 네가 싸워라.”

‘도대체 제가 왜 껴야 됩니까!’

자신은 바에튼과 아무런 상관이 없었다. 또한 싸움을 만든 것도 벨케다!

그런데 결과적으로 고생은 자신한테 돌아오다니…….

“네… 그러도록 하죠…….”

시드는 체념하며 순순히 수긍했다.

앞으로 벨케에게 꼬투리가 잡히는 것보단 차라리 피곤한 게 나았다.

그러자 베부드의 아들이 자존심 상한다는 어투로 말했다.

“저런 꼬마랑 상대하라고? 죽을지도 모른다.”

“……”

시드의 이마에 힘줄이 솟았다.

꼬마라… 그 말은 고마웠다. 자신을 어리게 봐주는 것이 아닌가!

항상 노안 소리만 듣고, 10대 중반인 지금도 20대 소리를 듣
는데 얼마나 기쁜 호칭인가.

한데 왠지 모르게 기분 나쁜 것은 어쩔 수 없었다. 좋은 의
도로 꼬마라 하지 않았을 테니.

"나가시죠."

시드는 웃는 얼굴로 그에게 정중히 말한 뒤, 먼저 걸음을 옮
겼다. 그리고 무서운 결심을 했다.

그동안 벨케에게 쌓였던 모든 것들을… 저놈에게 몇 배로
풀어버리겠다고.

"시드, 무슨 일이야?"

"오빠?"

"히유?"

저택을 빠져나와 연무장으로 향하자 모두가 의아해하며 그
뒤를 따랐다.

시드는 앞장서서 걸으며 안에서 있었던 상황을 알려줬다.

"아휴, 아빠는 정말."

"크큭. 그놈의 매력 아니겠느냐?"

라인이 미안한 얼굴로 투덜거리자, 에스가 변함없는 벨케의
모습에 즐거워했다.

"괜찮겠어……?"

메리아가 걱정을 가득 담아 시드의 손을 잡았다.

"응, 염려하지 마. 오빠는 지지 않아."

"그래도……."

메리아가 왜 이토록 걱정하는지 시드도 잘 알고 있었다. 시드는 그녀의 머리를 쓰다듬어 주며 위로했다.

"다시는 그런 일 없을 거야."

"약속이지?"

"그래."

"히유, 히유."

메리아와 손가락까지 걸 때 샤인이 곁에 다가와 머리를 비볐다. 자신도 쓰다듬어 달라는 뜻이었다.

시드는 웃음과 함께 그런 샤인의 머리카락도 부드럽게 보듬어줬고, 곧 저택에 있던 모두가 연무장에 도착했다.

크지 않은 연무장은 사람들로 가득 찼다.

바에튼과 베부드의 호위 수하들까지 자리한 탓이었다. 그들은 언제나 자신들 주군의 곁을 떠나서는 안 된다.

"저 아이… 괜찮겠는가?"

바에튼이 조마조마한 얼굴로 물었다. 그의 곁에 앉아 있는 시란도 마찬가지였다.

베부드의 아들인 베라데는 변신을 했을 경우 라탈 급 중급의 실력을 가지고 있었다.

한데, 이제 20살이 됐을 법한 소년에게 상대를 맡기다니… 이해가 쉽게 되지 않았다.

물론, 벨케의 정체를 알고 있는 바에튼은 그나마 믿음을 가지려 했지만, 아무것도 모르는 시란은 벨케가 야속해 보일 정도였다.

"내가 지는 싸움을 하는 걸 봤나? 이건 저 둘의 시합이지만 배불뚝이와 나의 대결이기도 하다. 나는 안 진다."

"자네가 그리 말한다면 그렇겠지만……."

벨케의 확신에 바에튼은 조금은 안심했다.

그는 말 그대로 지는 싸움을 한 적이 없었다. 그 누구도 그를 이기지 못했으니깐.

그런 그가 저렇게 말할 정도라면 소년을 믿어야 했다.

"아참, 내 정신 좀 봐라."

시합을 앞두고 서로 몸을 풀고 있을 때, 벨케가 자리에서 일어나 시드에게 다가갔다.

대결을 앞두고 있는데도 몸의 이상 변화를 풀어주지 않은 탓이다.

"자, 이제 마음껏 싸워봐라."

"이거, 자주 싸워야겠는데요?"

진심 어린 시드의 발언이었다.

무게가 사라지자 날아갈 듯 가벼워졌고, 통증이 없어지니 세상을 다 얻은 듯했다.

사람은 가지고 있다 보면 그게 얼마나 소중한지 모른다. 당연한 것처럼 느끼기 때문이다.

하나, 한 가지를 잃고 나면 그때서야 깨닫게 된다.

"지면… 더욱 강도를 높여주지."

"……."

마지막까지 빠지지 않는 협박!

시드는 이를 꽉 깨물었다. 이제는 자존심 문제가 아닌 생존이 걸려 있다! 절대 질 수 없었다! 지면 죽는다고 생각해야 했다!

"지금이라도 설설 긴다면 용서해 주마."

모든 준비를 마친 베라데가 주먹을 꽉 쥐며 그 나름의 자비를 베풀었다.

하지만 시드는 벨케처럼 귓구멍을 후비며 받아쳤다.

"어디서 개가 짖나……."

"이 새끼가!"

졸지에 개가 된 베라데는 더 이상 참을 이유를 못 느꼈다.

어린놈이 아닌, 아버지를 모욕한 놈을 밟아버리고 싶었지만 그럴 마음이 사라졌다.

일단 눈앞에 있는 놈의 사지를 찢어버리고 싶어졌다.

"후회하게 될 거다."

그 말과 함께 베라데는 변신을 시작했다.

으드득! 쩌저적!

그의 피부가 갈라지고 몸집이 부풀어 오르기 시작했다. 이마에는 굵은 뿔이 솟아났으며 양손톱은 길어졌다.

그뿐 아니라 마치 돌덩이처럼 새로운 피부가 자리 잡았고, 혀는 목까지 내려왔다.

시드는 그 광경에 눈살을 찌푸렸다.

샤인의 경우는 변신을 해도 봐줄 만했던 것 같은데, 이놈은 생긴 것 자체만으로도 얼른 싸움을 끝내고 싶게 만들어줬다.

'나와 비슷한 수준이군. 하지만……'

적의 마나는 라탈 급 중급이었다. 시드 역시 중급의 마나를 보유하고 있었다.

그러나 시드는 마탈 급의 깨달음과 육체, 여러 가지 비전들로 인해 상급과 맞서도 밀리지 않았다.

한마디로 특별한 변수가 없는 한 질 수 없는 싸움이었다.

"누가 후회하게 될지는 곧 알게 되겠지."

시드가 검을 뽑았다. 그와 함께 마나를 폭발적으로 끌어올렸다.

그리고 베라데를 향해 쏜살같이 파고들었다.

CHAPTER 06
제안

"라, 라탈 급이었나!"

바에튼이 깜짝 놀라며 소리쳤다. 놀란 것은 그뿐만이 아니었다. 시란이나 틸로, 베부드도 마찬가지였다.

그리고 가장 당황한 초인족은 다름 아닌 베라데였다.

"어, 어찌!"

라탈 급! 초인족들은 변신이라는 힘을 가지고 타고나지만, 타 왕국의 인간들은 아니었다.

그런데 이 어린 나이에 어떻게 라탈 급에 오를 수 있단 말인가!

더군다나 느껴지는 마나의 기세는 최소 중급이었다.

"그래, 라탈 급이네. 약해져서 말이지."

"뭐라고?"

바에튼은 이젠 모든 게 꿈만 같았다.

벨케가 자신한테 거짓말을 할 일이 없다. 그런데 믿기 힘든 말이었다.

라탈 급인 사실도 경악스러운데, 약해져서 저 정도라니?

"뭐, 설명하기는 길어. 다만… 저 소년은 지금보다 훨씬 어릴 때 마탈 급에 올랐던 인간이다."

"하, 하하… 도대체 몇 살이기에……?"

"지금 15살인가 그럴 것이다."

벨케는 기억을 더듬으며 대답했다.

"그런데 그보다 어릴 때 마탈 급이었다는 말인가?"

"그렇지."

망치로 뒤통수를 맞으면 이런 기분일까?

바에튼은 자신의 두 귀를 의심할 지경이었다. 초인족은 물론 대륙의 그 어떤 존재도 그 어린 나이에 마탈 급에 오른다는 것은 불가능했다.

현재뿐 아니라 과거에도 마찬가지였고, 앞으로도 그럴 테다.

"저 소년은 천재인가……?"

"그 말로는 부족하지. 타고났어, 거기에 천재야. 좋은 스승도 있었어. 포기도 몰라. 모든 게 조화를 이뤄서 창조된 아이야. 단… 웃음은 언제나 고통을 동반하기에 크나큰 시련들도 겪었지. 힘을 잃은 것도 그런 이유고."

바에튼은 시드를 다시 보게 됐다.

벨케가 이토록 극찬하는 이는 거의 존재하지 않았다. 과거 벨케의 제자였던 그리폰이라는 인간에게도 칭찬을 아꼈던 그다.

그런 벨케가 인정한다면… 어쩜 저 아이는 머지않아 대륙 전체에 이름을 날리게 될지도 모른다.

아니, 지금도 충분히 그럴 수 있을 테지만.

슈우욱!

'뭐야, 저건!'

메스토의 스텝과 레폰의 환영검으로 베라데를 정신없이 몰아붙이던 시드는 한 걸음 물러섰다.

콰지직!

그러자 시드가 서 있던 땅에 베라데의 손이 박혔다가 돌아갔다.

'특이하군.'

초인족들은 변신과 함께 각기 다른 개성의 전투를 펼친다.

물론 가진 능력이 비슷하다면 예외겠지만, 지금의 베라데는 샤인과 전혀 달랐다.

그는 샤인과 달리 날개가 없어서 하늘을 날지 못했는데, 이마에서 마나를 모아 발사했다.

마치 우드의 마나포처럼 말이다.

더불어 그의 양팔과 다리가 늘어났다가 돌아가고는 했다.

"네놈! 죽여 버린다!"

베라데는 진심 어린 분노를 토했다.

하지만 시드는 변함없이 여유로운 태도를 유지하며 그와 점차 거리를 좁혔다.

갑자기 예상치 못하게 팔, 다리가 늘어나 잠시 당황하기는 했지만, 알게 된 이상 당해줄 마음이 없었다.

또한 베라데는 전투 감각이 뛰어나지 않은 편이라 어려운 상대도 아니었다.

시드에게 있어 베라데는 라탈 급의 힘을 가진 어린아이였다. 마치 샤인처럼 말이다.

앞으로의 발전 가능성으로 따지면 베라데는 샤인에게도 이길 수 없는 존재였고.

"할 수 있으면 해보세요."

시드는 그 말과 함께 재차 메스토의 스텝을 밟았다.

타타탁!

순식간에 번개처럼 달려나가는 시드의 움직임을 볼 수 있는 존재는 이 자리에 몇 없었다.

아쉽게도 베라데는 그 속에 포함되지 않았다.

퍼어억!

"케에엑!"

마나가 잔뜩 실린 시드의 주먹에 복부가 강타당한 베라데가 입을 쩍 벌리더니 침을 질질 흘렸다.

시드는 곧이어 검에 마나를 이동시켜 팔을 노리며 휘둘렀다.

파르르륵!

하나 베라데의 팔이 다급히 늘어나 천장을 붙잡더니 높이 솟구쳤다. 그리고 시드를 향해 뿔에서 마나 포를 발출했다.

허공에서 직선으로 떨어지는 마나포!

시드는 전에 스로우와의 대결을 떠올렸다. 그때 스로우는 마나를 모았다가 한 번에 사방으로 흩뿌려 자신의 환영검을 막았었다.

'제가 써주도록 하죠!'

시드는 검에 마나를 집중시켜 한 번에 흩뿌렸다.

사아악! 퍼어어엉!

꽃잎처럼 흩날리는 마나의 조각들이 시드의 주변을 감쌌다. 동시에 마나포가 부딪쳤지만 마나의 벽을 부수지는 못했다.

스로우와는 다른 형태의 흩날리는 마나의 조각들.

시드는 처음 시전한 것치고는 꽤 마음에 든다고 생각하며 메스토의 스텝과 레폰의 환영검을 동시에 시전했다.

어느덧 전투를 시작한 지 5분 째.

아직 10분의 시간이 남아 있지만 질질 끌고 싶은 마음이 없었다.

"하압!"

시드의 전신에서 강렬한 마나가 분출됐다. 그와 함께 엄청난 속도로 치솟던 시드의 신형이 나눠지기 시작했다.

마지막으로 사방에서 베라데를 향해 찔러 들어갔다.

곧 베라데는 육체 곳곳에서 피를 솟구치며 바닥으로 추락

했다.

"베라데… 베라데!"
쿠우웅!
베부드의 절규와 함께 베라데의 육체는 지면과 충돌했다.
그의 전신에서 살기가 뻗어 나왔지만 시드는 무심하게 말문
을 열었다.
"치명상은 없습니다. 당연히 죽지도 않았고요."
검을 깊게 박아 죽일 수도 있었지만 그러지 않았다.
누군가를 죽인다는 일은 여전히 익숙하지 않았으며, 아무리
마음에 들지 않아도 마찬가지였다.
다만 버릇을 고쳐 주기 위해 꽤 많은 상처를 냈기에, 치료를
빨리해야 할 것이다.
"어서 치료해라!"
베부드의 외침에 곁에 있던 그의 수하들이 다급히 포션을
꺼내 베라데의 상처에 부었다.
그중에는 마법사도 있었는지, 치료 마법까지 시전됐다.
'마나를 꽤 소진했어.'
베라데의 피부는 단단했다. 또한, 그가 절대로 방어할 수 없
도록 하기 위해 마나를 어느 정도 끌어올려야 했다.
그로 인해 현재 남은 마나가 많지 않았다.
"거기 서라!"
시드가 일행에게 돌아가려 하자 베부드가 순식간에 시드의

등 뒤로 이동하여 소리쳤다.

어느덧 그의 손은 시드의 어깨를 꽉 붙잡고 있었다.

'대단한 실력이군.'

시드는 인상을 찌푸리면서 내심 감탄했다.

변신을 하지 않았음에도 이 정도 몸놀림이라면, 베라데보다도 높은 수준이란 것을 쉽게 짐작할 수 있었다.

즉, 그는 마탈 급일 확률이 높았다.

하나 되갚아주려던 베부드의 욕구는 채워지지 못했다.

"손 놓지?"

"크으윽!"

베부드는 이마에 식은땀이 맺힌 채 옆을 노려봤다.

벨케가 어느새 다가와 그의 손목을 부러질 듯 잡았기 때문이었다.

"원한다면 내가 상대해 주지."

그 말과 함께 벨케는 자신의 마나와 살기를 개방하기 시작했다.

우우웅…….

"허, 허억!"

베부드는 경악을 금치 못했다.

마치 살기가 목을 조이고 살갗을 잘라내는 듯하다. 거기다가 이 어마어마한 마나의 힘은 도대체…….

결국 베부드는 자존심이고 뭐고 시드의 어깨에서 손을 놓을 수밖에 없었다.

현재 베부드는 변신을 할 경우 마탈 급 중급이었다. 그 누구한테도 두려움을 느낄 실력이 아니란 것이다.

하지만… 지금 눈앞에 있는 자는 달랐다.

아무리 자신이라 할지라도 공격 한 번 제대로 할 수 있을지 장담할 수 없는 실력자!

베부드는 끔찍한 악몽을 꾸는 기분이었다.

"그만 돌아가라. 다시는 바에튼 앞에 나타나지 말고 말이다."

벨케가 차가운 어투로 경고하자, 베부드는 이를 갈더니 곧 돌아서서 밖으로 나갔다.

벨케는 예상했다. 저런 성품이라면 절대 이대로 끝내지 않을 거라는 사실을.

물론 그때는 자신의 경고를 무시한 대가를 치르게 해주겠지만.

"괜찮으냐?"

"그럼요."

벨케의 물음에 시드는 자연스럽게 대답했다.

베라데와의 싸움은 어렵지 않았다. 그가 만약 실전 경험이 더 많고, 응용력이 좋았더라면 고전했을 수도 있겠지만 다행히 아직은 많이 부족한 상대였다.

오히려 벨케의 마나와 살기를 바로 곁에서 베부드와 함께 받아 그게 더 괴로웠었다.

"그렇군, 다행이구나!"

벨케가 과하게 걱정해 주자 시드는 왠지 모를 불안감을 느꼈다.

그가 이럴 때는 분명 무언가가 있다!

"괜찮지 않았더라면 오늘 하루는 수련을 쉬게 해주고 싶었는데… 아쉽구나."

'아쉬울 때는 그런 표정을 짓는 게 아닙니다…….'

말과는 달리 대놓고 활짝 웃으며 시드의 육체에 이상 변화를 만들어내는 벨케!

묵직해지는 무게와 밀려오는 고통 속에서 시드는 실소를 흘리며 연무장을 벗어났고, 바에튼이 식사 대접을 하고 싶다는 말에 모두는 저택 안에 위치한 식당으로 이동했다.

맛있는 냄새가 식당 전체에 가득 풍겼다.

시드는 샤인과 메리아의 사이에 앉아 시란의 뒷모습을 쳐다봤다.

이곳은 요리를 하는 모습이 식탁에서 보이는 구조였는데, 오늘은 특별히 시란이 만들기로 결정됐다고 한다.

기분 좋은 날, 간혹 그녀가 요리를 하는데 맛이 일품이라 하니 잔뜩 기대가 됐다.

다만 걱정되는 점이 있다면 시란의 곁에 바로 아이니가 함께 서 있는 것이다!

불행 중 다행은 둘이 다른 요리를 한다는 점이라고나 할까?

'아이니의 요리를 이젠 막을 수도 없구나.'

벨케마저 그녀의 음식을 잘 먹으니 하지 말라고 할 수가 없었다. 먹고 싶어하는 벨케에게 대드는 것과 같은 이치였으니.

'뭐, 안 먹으면 되니.'

말릴 수는 없게 됐지만 좋아하는 초인족들로 인해 안 먹어도 그녀가 뭐라 하지 않게 됐으니 그녀의 요리가 무엇인지 파악하기만 하면 됐다.

그러면 안전하고도 기분 좋은 식사를 마칠 수 있다!

"정말 놀라워."

한참 요리가 만들어지고 있을 동안 간단히 스프와 음료로 배를 채우고 있는데 바에튼이 시드한테 말을 건넸다.

"아닙니다."

"겸손하기까지… 정말 인물은 인물이구만."

바에튼은 시드가 마음에 쏙 드는 눈치였다. 하지만 그는 시드의 속내까지는 알 수 없었다.

'후후… 하긴 나처럼 모든 것을 갖추고도 겸손하기는 힘들지!'

행동과는 정반대인 자뻑 모드!

"자네 같은 아들이 있다면 좋을 텐데."

'모두가 그리 생각할 것입니다!'

시드는 당연하다는 듯이 받아들였지만 겉으로는 손사래를 치며 그렇지 않다고 했다.

그 모습에 바에튼은 점점 더 시드에게 빠져들었다.

어린 나이에 놀라운 실력을 갖췄으며 벨케에게 들어본 바에

의하면 삶의 경험도 많았다.

인생의 아픔이 많을수록 사람은 성숙해지는 법.

거기다 겸손하며, 자기 자신을 낮출 줄도 아니… 어찌 탐나지 않겠는가.

"그래, 이곳에서 지내고 싶다고?"

시드와 잠깐 대화를 나눈 바에튼은 벨케에게 고개를 돌려 물었다. 벨케는 스프를 들이마시며 고개를 끄덕였다.

"언제까지일지는 알 수 없지만."

"하하, 알겠네. 자네가 원하는 기간까지 얼마든지 있어도 되네."

"이미 배부른 놈이 알고 있긴 하지만, 우리가 머무른다는 사실이 최대한 알려지지 않았으면 해."

"염려 말게나."

바에튼은 그의 걱정을 덜어줬다.

벨케는 리스네가 알게 될까 봐서였지만, 바에튼은 그의 정체가 밝혀질까 봐라 착각했다.

"앞으로는 집 안이 시끄럽겠군."

바에튼이 기분 좋은 미소를 지었다.

그는 다른 장로들과는 달리 권력에 욕심이 없었다.

추천을 받아 장로가 되기는 했지만 언제나 중립을 지켰으며 이득을 위해 움직이지 않았다.

또한, 세력을 만들기보다는 홀로 독서를 하거나, 소중한 이들과 시간을 보내는 것을 더욱 즐겼다.

"그런데 아까 그놈들은 왜 온 거냐?"

요리가 하나, 둘 나오자 벨케가 손을 쉬지 않으며 물었다.

그러자 바에튼의 얼굴이 살짝 어두워졌다. 앞으로의 걱정을 떠올리니 벌써부터 머리가 아파왔다.

"두 가지 이유가 있지. 시란을 며느리로 삼겠다는 것과… 자신의 세력을 키우겠다는."

"세력?"

벨케는 요즘 귀족들의 돌아가는 흐름을 잘 알지 못했다.

"자네는 모르겠구만. 최근 장로들이 대립하고 있다네. 아까 만난 베부드와 협력 체제를 갖춘 두 장로이지."

"왜 대립하는데?"

"왕께서 병세가 깊다네. 그런데 베부드와 두 장로가 후계자로 선택한 왕자님들이 다르거든. 베부드는 1왕자님을, 다른 두 장로는 2왕자님이 왕이 되기를 바라지."

"자네 생각은 어떤가?"

바에튼은 길게 한숨을 내쉬었다.

"나는 그 누구도 원하지 않네."

자신과는 상관없는 얘기인지라 먹기에 집중하던 시드가 고개를 살짝 들어 올렸다.

왕자들 중에서 왕은 나와야 했다. 그게 이 세상의 법칙이었다. 한데 원하지를 않는다니? 신하로서 하기 힘든 발언이었다.

"썩었나 보군."

벨케의 발언은 언제나 솔직했으며 거칠었다.

바에튼은 그 말에 쓰게 웃으며 부정을 하지 못했다.

신하로서 주군을 욕되게 하는 것은 자신의 얼굴에 침 뱉기지만 사실이었다.

"자네는 중립인가?"

"그래서 베부드가 찾아온 거야. 현재 베부드와 두 장로의 연합은 세력이 비슷하다네. 나는 장로들 중에서 가장 세력도, 권력도 약하지만… 비슷한 지금 상황에서는 크게 작용되지. 그렇기에 양쪽에서 나를 끌어들이기 위해 협박과 회유를 하고 있지."

"때마침 그놈이 시란을 좋아하고?"

"그렇지. 예전부터 구애를 해왔지만 거절했었네. 시란이 베라데에게 마음이 없었거든. 나 역시 반대이고 말이야. 모든 걸 떠나서 그의 성품은 절대 시란을 행복하게 해주지 못할 듯하니."

"그래! 남자는 나 정도는 돼야지! 하하!"

'그건 아닌 듯한데요……'

자신의 얼굴을 쓰다듬으며 뿌듯해하는 벨케!

시드는 속으로 웃음이 터졌지만 꾹 눌러 참으며 티 내지 않았다.

그와 한편 초인족도 다른 왕국의 사람들과 다를 바 없다는 사실을 깨달았다.

권력 싸움, 여자를 얻기 위해 협박을 하고…….

"다 됐습니다."

분명 얘기를 들었을 텐데도 시란은 환하게 웃는 얼굴로 요리를 들고 다가왔다.

그런 시란의 눈웃음이 참 예쁘다고 시드는 생각했다.

"와, 맛있겠네요."

접시에 요리가 담겨 오자 시드는 진심을 담아 말했다. 고기와 야채가 잘 조화된 찌개와 같은 요리였는데 먹음직스러웠다.

시드는 서둘러 한 입 맛보고 엄지손가락을 세웠다. 진심으로 맛있었다.

그러자 시란이 살짝 붉어진 얼굴로 고개를 살짝 끄덕였다.

"저도 다 만들었어요."

뒤이어 아이니가 무뚝뚝한 표정으로 요리를 내왔다.

순간 시드와 모두는 불안해졌다. 이곳의 밥을 먹는 스타일 때문이었다.

평소라면 안 덜면 됐다. 굳이 챙기지 않아도 샤인과 벨케가 다 먹어 해치웠으니.

한데 여기에서는 개인 접시에 모든 음식을 덜어줬다…….

"으흠, 맛있겠군!"

'도대체 어디가!'

아이니의 요리는 딱 봐도 먹는 사람을 위해서인지, 테러를 하기 위함인지 알 수 없게 생겼다.

그런데 벨케는 진심으로 침을 흘리며 접시를 내밀었고, 곧 모두의 접시도 가득 채워졌다.

그리고 뒤를 이어 각종 튀김과 여러 요리가 상을 가득 채우
자 다들 식사를 시작했다.

"맛있나?"

벨케가 아이니의 요리를 가장 먼저 해치우자 바에튼이 물었
다.

"그럼!"

그가 워낙 아무거나 잘 먹는다는 사실을 알고 있기에 바에
튼은 큰 기대하지 않고 숟가락을 집어 들었다.

우물우물.

바에튼은 아이니의 음식을 입에 넣고 천천히 음미했다. 시
란 역시 예쁘장한 입술을 벌려 맛봤다.

그런 다음 진심을 가득 담아 아이니를 향해 말했다.

"앞으로 식사 때마다 자네의 요리를 부탁하지. 시란 너는 어
떻냐?"

"헤… 맛있는데요?"

"그렇지? 꽤 색다르면서도 자꾸 먹고 싶어지는군!"

정말 초인적인 미각의 초인족들이었다.

"이야, 예쁘다."

"그러게."

메리아가 신난 듯 뛰며 말하자 시드는 동감했다.

식사를 마치고 잠시 대화를 나누고 있는데 바에튼이 벨케에
게 제안을 했다.

시란에게 안내를 맡겨 이곳 구경을 시켜주는게 어떻겠냐고.

벨케는 잠시 망설였지만 곧 오늘 수련은 없다고 전했다. 자신 역시 오랜만에 만난 바에튼과 많은 대화를 나누고 싶었던 탓이다.

그로 인해 가장 신난 것은 메리아였다.

최근 시드와 시간을 보낸 적이 없었는데 같이 있을 수 있었으니.

그래서 벨케와 에스를 제외한 모두는 시란과 함께 도시를 돌아다니며 구경을 하다 마지막으로 냇가를 찾았는데 참으로 예뻤다.

종아리까지 오는 물속은 훤히 비쳤고, 여러 가지 색깔의 조약돌도 자태를 뽐내고 있었다.

"많이 힘들지?"

곁에 앉아 있던 메리아가 시드의 어깨에 머리를 기대며 물었다. 시드는 그런 메리아의 머리에 자신의 머리를 포갰다.

둘 다 자연스러운 행동이었다.

"힘이야 들지. 뭐든지 쉽게 얻을 수 없는 법이니."

"그래도 오빠랑 아저씨들 고생하는 것 보면 마음 아파……."

"그렇게 해야 강해지잖아. 강해져서 메리아도 지켜줘야 하고."

"그건 그런데……."

티는 내지 않았지만 속앓이를 한 것 같았다. 시드는 그런 메리아가 기특했다.

"마법 실력은 늘었어?"

최근 메리아가 이트 급에 올라섰다는 소식을 접했다.

아직 제대로 발휘할 수 있는 실력은 아니지만 기본적인 마나가 채워졌고, 작은 깨달음이 있었다는 건 좋은 일이었다.

"웅! 스피네 언니가 그러던데 하루하루 실력이 늘어난대. 헤헤, 보여줄까?"

"기대되는걸?"

시드는 들뜬 메리아를 재촉했다. 그러자 메리아는 자리에서 일어나 주문을 외웠다.

다른 이들에 비해 시전하는데 오랜 시간이 걸리지만 이트 급에서는 누구나 마찬가지였다.

더군다나 메리아는 갓 이트 급에 올랐으니 당연했다.

파아앗!

메리아가 진땀을 뻘뻘 흘리더니 결국 작은 불꽃을 소환했다.

공격용으로는 쓸 수 없을 정도의 수준이었지만 시드는 진심으로 기뻐했다. 그러면서 한편으로는 씁쓸하기도 했다.

메리아만큼은 평범하게 살기를 바랐었는데…….

"앞으로 더 강해져서 내가 다 혼내줄게!"

"그래, 얼른 오빠를 지켜줘."

"걱정하지 마……!"

메리아가 작은 주먹을 불끈 쥐자 시드는 웃음을 터뜨리며 냇가 쪽으로 시선을 돌렸다.

그곳에서는 시멘 용병단과 우드, 샤인이 신나게 물놀이를 하고 있었다.

물론 남자들은 움직일 때마다 인상이 찌푸려졌지만, 수련을 하기 위해 움직이는 것과, 놀기 위해 움직이는 건 다르게 와 닿는지 연신 즐거워하고 있었다.

그리고 그 모습을 시란이 미소를 띤 채 바라보고 있었다.

"메리아, 너도 가서 놀아."

"으응? 오빠는?"

"오빠는 잠시 얘기 좀 나누고 갈게."

시드가 얘기를 나누려는 상대가 누구인지 알게 되자 메리아는 살짝 미간을 좁혔다.

예쁘다면 그 누구라 할지라도 경계부터 하고 보는 메리아였다.

그러나 티 내지 않으며 알겠다고 대답한 후, 냇가로 내려갔고, 시드는 시란에게 다가갔다.

"즐거워 보이시네요."

"어머."

시드가 등 뒤에서 갑작스럽게 말을 건네자 시란은 저도 모르게 놀랐다가, 시드란 사실을 알게 되자 입가에 웃음을 그렸다.

"네, 즐거워요. 최근에는 이렇게 맘 편히 시간을 보낸 적이 없었거든요."

“아… 그렇군요.”

권력 싸움과 결혼 요구로 인해 하루하루가 힘들었던 그녀였다.

“고마워요.”

“뭐가요?”

“오늘 일이요…….”

“아… 아니에요.”

시드는 손사래를 쳤다. 사실 그녀를 위해 나선 것은 아니었다.

벨케가 시켰고, 베라데의 자극에 자신이 울컥했기 때문이었다. 그러니 그녀가 고마워할 필요는 없었다.

물론, 결과적으로는 그녀와 바에튼을 돕게 됐지만.

“저는 오히려 걱정인데요.”

“네?”

“그 베부드란 장로가 분명 가만히 있지 않을 텐데…….”

시드는 그 점이 계속 신경 쓰였다. 물론 자신들이 나서지 않았더라면 더 안 좋은 상황이 될 수도 있었다.

하나 어쨌든 벨케가 나서서 자극을 했고, 자신으로 인해 악감정이 더욱 깊어졌을 테니 괜스레 미안한 마음이 들었다.

“나서주지 않으셨어도 그랬을 거예요. 그러니 염려 마세요.”

시란이 눈웃음을 치며 시드를 위로했다. 그 눈웃음이 예쁘다고 시드는 재차 생각했다.

이토록 눈웃음이 잘 어울리는 여자는 보지 못했었다.

"저는 너무 고마워요. 할아버지가 오늘처럼 기뻐하는 모습도 보지 못했었고… 언제나 조용하던 집안이 떠들썩하게 된 것도 좋아요. 사실 많이 심심했거든요."

그러고보니 집안에 다른 가족들은 없었다. 시드는 그 점이 궁금했지만 묻지 않았다.

아무 일 아닐 수도 있겠지만 상처를 건드리게 될 수도 있으니.

"그렇군요."

"물어보지 않으세요?"

"뭐를요?"

"왜 할아버지와 저밖에 없는지."

시란이 수줍은 얼굴로 눈을 마주치자, 왠지 시드도 얼굴이 화끈거리는 듯했다.

이번에는 시드가 시선을 살짝 피하며 중얼거렸다.

"혹시 실례가 될까 봐요."

"후후, 실례는요… 돌아가셨어요."

시드는 아무런 말을 하지 않았다. 혹시나 했는데 역시나였다.

"그 일로 인해 할아버지와 저도 웃음을 잃게 됐죠… 거기다 이번 일까지 겹치면서 많이 힘들었고요. 의지할 곳도 없이 하루하루를 보냈는데… 오늘 여러분들이 와주신 거예요."

"저희가 잘 찾아왔네요. 제 가족 얘기를 해드릴까요?"

갑작스러운 시드의 말에 시란은 궁금증을 담아 천천히 고개를 끄덕였다.

아직 시드의 나이는 어렸다. 듣기론 15살이었다. 가족의 품에서 보내야 될 나이였다.

그래서 시란은 그 점이 의아했는데 시드와 같은 생각으로 묻지를 않았다. 혹시 상처가 될까 봐.

"몰라요."

"네?"

시드의 얼굴에 그리움이 맺혔다. 그는 하늘에 시선을 던지며 말했다.

"아주 어릴 때 부모님과 헤어져야 했어요. 그리고 아직 찾지 못했어요… 살아계시는지, 어디에 계신지… 아무것도 모르겠네요."

"아… 어떻게 해요……."

"그래도 전 살아계신다는, 언젠가는 만날 수 있다는 희망이 있잖아요."

시드는 애써 시란을 향해 웃어줬다.

상대가 묻지도 않는데 자신의 가족 얘기를 먼저 꺼낸 적은 처음이었다.

어쩌면 시란이 먼저 자신의 아픔을 솔직하게 말해줘서인지 모른다.

'언젠가는…….'

시드는 주먹을 꽉 쥐었다.

만나게 될 그날을 떠올리며…….

"이런 젠장! 으악! 으아악!!"

돌아온 베부드는 분을 참지 못하며 소리를 내질렀다. 그것도 모자라 집 안에 존재하는 모든 물건들을 박살 내기 시작했다.

그의 곁에는 수하들과 집사들이 서 있었지만 아무도 말리지 못했다.

저럴 때 건든다면 화살이 자신한테 돌아온다는 사실을 잘 알기 때문이다.

"하아, 하아… 감히, 감히!!"

베부드는 이가 부서지도록 갈았다.

분이 풀리지 않았다. 치욕이 사라지지 않았다. 모두를 다 죽여 버리고 싶었다.

"당장 모든 병력을… 크윽."

결국 감정에 못 이겨 공격 명령을 내리려던 베부드는 힘겹게 참아내며 입을 닫았다.

얼마든지 원하는 바를 이룰 수 있다. 자신은 마르트 왕국의 장로였다. 그중에서도 절대 권력을 쥐고 있는!

마음만 먹는다면 그들이 감당할 수 없는 숫자로 밟아버릴 수 있다.

하지만… 피해가 적지 않을 것도 뻔했다.

라탈 급의 꼬마는 문제가 되지 않으나 정체를 알 수 없는 남자는 쉽게 무너뜨리기 힘들 듯 보였다.

자신이 처음으로 두려움을 느낄 정도였으니.

'참자, 참자.'

지금은 연합을 한 두 장로들한테 빈틈을 보여서는 안 될 시기였다.

만약 피해를 감수하면서 그들을 쓰러뜨린다면, 두 장로들이 하이에나처럼 달려들 것이다.

그럴 경우 소는 이룰 수 있겠지만 대를 잃게 된다.

팽팽한 힘겨루기에서 한쪽이 다른 곳에 힘을 소비한다면 결과는 뻔했다.

"술 가져와!"

베부드는 고함을 치며 자신의 침실로 걸어가 자리에 앉았다.

곧 하녀들이 술과 안주를 챙겨오자 손짓으로 나가라는 신호를 보냈다.

예전이라면 당장 벗겨서 품에 안았겠지만, 그 정도로 베부드는 지금 화가 나 있으며, 자존심도 상해 있었다.

도망친 것이다. 두려워서 상대해 보지도 않은 채 자신이 달아난 것이다.

더군다나 한둘이 본 게 아니기에 분명 소문이 날수도 있었다. 생각만 하면 혈압으로 뇌가 부서질 듯했다.

쪼르륵. 꿀꺽! 꿀꺽!

오늘의 치욕을 잊고 싶은지 베부드는 가득 술을 따르더니 한 번에 잔을 비워냈다.

그런 베부드의 두 눈동자는 시뻘겋게 충혈됐다.

눈물도, 술이 취해서도 아니다. 감정을 이겨내지 못해 피가 쏠린 탓이다.

"잊지 않겠다."

베부드는 다시 술을 따랐다. 붉은빛 액체가 잔을 채웠다.

"바에튼, 그리고 네놈들… 지금은 물러서지만… 언젠가는 꼭 네놈들을 모두 죽여 버릴 것이다. 살을 씹어 먹고, 뼈를 갈아 뿌려주마!"

베부드의 끔찍한 증오가 불타올랐다.

*   *   *

"자네와 함께 마시니 술맛이 더욱 좋군."

바에튼이 술을 따르며 말하자 벨케 역시 동의했다.

누군가를 만난다 해도 마을 사람이거나 라인뿐이었다. 바에튼을 간혹 만나기는 했지만, 말 그대로 가끔이었다.

그렇다 보니 오랜만에 느껴보는 친구의 향기가 좋았다.

"이제는 어떤가?"

왕국이 어떻게 돌아가는지는 잘 모르지만 바에튼에 관한 소식은 가끔 접했다.

그를 통해서 혹은 마을 주민들이 소식을 접하고 알려주고는 했었는데 그중 슬픈 소식이 있었다.

"그 아이들을 말하는가?"

벨케는 아무런 대답을 하지 않았다.

그 아이들이란 시란의 부모이자, 바에튼의 아들과 며느리였다.

바에튼의 아들은 몸이 좋지 않았다. 그러다 결국 병이 깊어져 언제 숨이 끊어질지 모르는 상태였는데… 시란이 바에튼에게 며칠 놀러 간 사이에 숨이 멎고 말았다.

그리고 며느리는 슬픔을 견디지 못하고 스스로 목숨을 끊었다.

시란에게 미안하다는 유서를 남긴 채.

당시 떨어져 지내던 바에튼은 시란을 데려다 줄 겸 오랜만에 자식과 며느리를 보러 왔다가 그 광경을 목격하고 말았다.

"아직도 가슴에 맺혀 있지……. 다만 시란을 위해서 웃으려고 노력한다네."

"그래, 그래야지."

"자네가 와줘서 얼마나 다행인지 몰라."

"하하, 나는 언제나 환영받는 존재로군."

"그 성격도 여전하고 말이야."

벨케의 자찬에 바에튼은 웃음을 터뜨렸다.

항상 힘겹게 미소를 유지하다가 오늘은 진심으로 마음껏 웃을 수 있는 날이었다.

"그런데 시란이 참 예쁘게 자랐더군."

"지 어머니를 꼭 빼닮았지. 얼른 시집도 보내야 하는데 상황이 이러니……."

벨케는 머리를 긁적였다. 걱정이 무엇인지 잘 알지만 자신이 도와줄 일은 많지 않았다.

나라에 관한 일은 아예 아무것도 해줄 수 없었고, 그나마 곁에 있을 동안 지켜주는 일이 최선이었다.

더불어 떠나기 전 베부드를 한 번 더 찾아가 단단히 혼을 내주는 일.

자신이 없더라도 바에튼에게 절대 함부로 굴지 못하게 말이다.

그런 성격이라면 정말 오금이 지릴 만큼 공포를 심어줘야 할 것이다.

"하긴, 나이가 많이 찼지."

20대 초반의 외모와는 달리 시란의 나이는 27살이었다.

"나는 시드란 소년이 마음에 들더군."

"컥! 진심인가?"

술을 넘기다 사레가 걸린 벨케가 실소를 흘리며 물었다. 마음에 들어한다는 것은 알고 있었지만 손녀사위로까지 보고 있을 줄은 몰랐다.

오늘 처음 만났는데 말이다.

"나이는 어리지만 외형적으로는 시란과 차이가 없어 보이고……."

한마디로 시드가 겉늙었고, 시란은 동안이라는 뜻이었다.

"또한 외모와 성품도 그 정도면 훌륭하지 않은가? 거기다 능력도 뛰어나니……."

바에튼은 입가에 잔잔한 미소를 띠우며 벨케를 쳐다봤다.

"마지막으로 자네가 인정한 인간이고 말이네."

"누가 그놈을 인정해?"

"나에게까지 속이려고 할 필요는 없네. 난 자네의 얼굴만 봐도 알 수 있으니."

"으음……."

벨케는 괜히 머쓱한 표정으로 술잔을 비웠다.

"하지만 중요한 것은 둘의 마음이겠지. 단지 이 늙은이의 생각은 그렇다는 것일세."

"뭐, 인연이라면 지들이 맺어질 테고, 아니면 아니겠지."

벨케는 깊게 파고들기 귀찮은 듯 손사래를 치며 간단히 정리를 했다.

그때 바에튼이 진지한 얼굴로 말문을 열었다.

"다시 돌아올 마음은 없는가?"

"나에게 돌아갈 곳이 있었나?"

"자네가 떠난 곳은 있지."

벨케는 쓴웃음을 흘렸다. 그가 말하는 곳은 바로 왕궁이었다.

"자네가 돌아온다면 장로 자리는 충분히 차지할 수 있을 테고… 지금 이 나라는 자네를 필요로 한다네."

"내가 돌아가기에는 너무 늦었어. 그리고 나 없어도 네가 있잖아."

벨케는 고개를 저으며 말했다.

"아직도 과거에서 벗어나지 못했나? 그건 자네의 탓도, 왕궁의 탓도 아니네……."

"그만, 자네 취했군."

그녀에 대한 얘기가 나오자 벨케의 표정이 가라앉았다. 바에튼은 아무런 말 없이 천천히 고개를 끄덕였다.

잠시 침묵이 흘렀다. 그 침묵을 깬 것은 벨케였다.

"나는 20년 전 그날… 떠난 몸이야. 더 이상 그 시절로 돌아가고 싶지 않다네. 그리고 해야 될 일도 생겼고. 지금은 그 일이 우선이야."

"해야 될 일이라?"

"아… 꽤 귀찮기는 하겠지만 재미있을 듯해서. 갚아줘야 될 것도 있고."

"그 소년과 관련된 일인가?"

"그렇네."

바에튼은 벨케의 두 눈동자를 쳐다봤다.

그가 저런 확신에 찬 눈빛을 보일 때면, 그 누가 부탁해도 결심이 변하지 않는단 사실을 잘 알고 있었다.

"어쩔 수 없구만."

"너무 서운해하지는 말고. 지금은 여기에 있으니."

"하긴… 이 시간만으로도 나는 충분히 만족하네."

벨케의 능글맞음에 바에튼은 웃음을 터뜨리며 술잔을 들어 올려 잔을 부딪쳤다.

둘의 술자리는 밤새도록 끝날 줄을 몰랐다.

CHAPTER 07
피의 축제

오랜만에 몇 시간의 잠을 잔 시드는 새벽에 깨어나 가볍게 몸을 푼 뒤 연무장으로 향했다.

어느덧 바에튼의 저택에서 머무른 지 한 달 째.

그동안은 매일 수련의 반복이었고 특별한 일은 존재하지 않았다.

"시작해 볼까?"

항상 가장 많은 수련을 하는 시드는 오늘도 아무도 없는 연무장에서 가장 먼저 하루를 시작했다.

벨케의 무게와 고통은 그대로였지만, 이제는 익숙함을 넘어 원래 타고난 것처럼 느껴져 신경 쓰이지 않았다.

타타탁!

시드는 제자리에서 뛰기 시작했다.

아침부터 오전까지는 육체 수련에 열중하는 시간이었다.

한 달이 지나자 벨케는 모두의 근성을 인정해 주고 자율 수련을 하도록 했다.

자신이 더 이상 감시하지 않아도 농땡이 피우지 않으리라고 믿은 탓이다.

그의 생각처럼 모두는 벨케가 강압적으로 시키지 않아도 각자의 타입에 맞춰 수련을 했다.

시드의 경우는 하루의 1/4은 육체 수련에, 1/4은 벨케와 대련을 비롯한 그의 가르침을 받았고, 마지막 2/4는 마나 호흡법에 열중했다.

다른 이들은 시드보다 육체 수련에 더 중점을 뒀다.

마탈 급까지 오른 시드와 달리 그들에게는 육체의 단련으로 인한 깨달음도 중요한 탓이다.

"하아, 하아……."

두 시간 정도 쉬지 않고 몸을 움직인 시드는 잠시 바닥에 누웠다.

그리고 마법 주머니에서 검을 꺼냈다.

온통 검은빛으로 이루어졌으며 오랫동안 사용하지 못하고 있는 검.

바로 다크 플루닉이 잠들어 있는 검이었다.

'언제쯤 너를 다시 잡을 수 있을까?

익숙해지기 위해 불편하더라도 잡고 연습하던 기억이 생생

한데, 이제는 검을 뽑을 수도 없는 상태라니.

'기다려라. 더욱더 빨리 성장하마.'

시드는 검에게 약속했다.

매일 하루에 한 번 검을 보면서 다짐을 하는 게 일과 중 하나였다.

그러면 검을 사용하고 싶은 욕구에 더욱 열심히 수련을 하게 됐고, 잠시의 시간도 헛되게 보내지 않을 수 있었다.

"일어나셨어요?"

"네. 오셨군요."

그때 들리는 누군가의 고운 목소리에 시드는 미소를 띄우며 자리에서 벌떡 일어섰다.

항상 이 시간에 연무장에서 훈련한다는 사실을 아는 시란이 가벼운 먹을거리를 챙겨서 온 것이었다.

한 달 동안 가까워졌지만 시드와 시란은 아직도 서로에게 존댓말을 하고 있었다.

"맛있겠네요."

피로 회복에 좋은 따뜻한 차와 밥과 야채, 고기로 만든 주먹밥을 보며 시드는 군침을 삼켰다.

보통 밥을 먹고 나면 소화가 될 때까지 쉬었다가 운동을 해야 하지만, 그건 평범한 이들의 경우였고, 시드는 먹고 나서 바로 운동을 해도 전혀 지장이 없었다.

그래서 운동을 하다가 배가 고프면 잠깐 배를 채우고 곧바로 수련을 하는 일이 많았다.

시란도 그 사실을 잘 알기에 직접 챙겨온 것이다.

저택에 들어와서 밥을 먹고 다시 오는 수고를 덜어주기 위해서.

"오늘도 지켜보실 거예요?"

시드가 묻자 시란은 웃음과 함께 고개를 끄덕였다.

언제부터인가 시란은 음식을 갖다주고 시드의 수련을 구경했다.

그런 시란의 시선이 처음에는 어색하고 왠지 민망했지만 매일 반복되자 이제는 익숙해졌다.

"오빠!"

"히유!!"

"역시 부지런한 시드씨군?"

한참 수련을 하고 있을 때 잠에서 깨어난 일행이 연무장을 찾았다.

메리아는 마나 호흡법과 마법에 관한 지식이 우선인지라 굳이 연무장을 올 필요가 없었지만 시드와 같이 있기 위해 매일 찾아왔다.

"여전히 복도 많아요."

벨트라가 휘파람과 함께 짓궂은 어투로 말했다.

시드의 곁에 모인 세 명의 여자를 보며 한 말이었다.

그러자 샤인은 무슨 뜻인지 모르겠다는 듯 고개를 갸웃거렸고, 시란의 얼굴은 붉어졌으며, 메리아는 경계 어린 눈빛으로 그녀를 힐끔거렸다.

시간이 지날수록 둘이 가까워지자 왠지 모르게 마음이 불안했다.

그로 인해 요즘은 스피네, 라인과 시드에 대한 얘기를 자주 나눴다.

주로 메리아가 얘기를 하고, 둘이 조언을 해주는 형식이었다.

'좋다.'

문득 시드는 모두를 쳐다보며 그런 생각이 들었다.

지금 이 순간이 너무 좋았다. 평화로웠으며, 그리움은 있으나 괴로움은 존재하지 않았다.

자신과 이들의 평화만큼은 꼭 지켜주고 싶었다.

그러기 위해서는 지금보다 더욱 강해져야 했다. 힘이 없다면 그 무엇도 지킬 수 없다. 그게 세상의 이치였다.

더군다나… 자신의 경우는 더욱 그러했다.

곧 시드는 재차 수련에 집중하며 불어오는 시원한 바람에 땀을 씻었다.

*　　　*　　　*

"이제 소환할 수 있느냐?"

"네."

어둡고 묘한 분위기가 풍기는 거대한 방 안에서 아폴레와 리스네가 대화를 나누고 있었다.

리스네의 대답과 함께 아폴레의 입가에 살기 어린 미소가 떠올랐다.

원래의 일정보다는 늦춰졌지만 상관없었다.

한 달 전이든, 지금이든… 자신이 리샤르의 왕이 된다는 사실은 변함없으니 말이다.

"참으로 오랜 시간이었다."

아폴레는 회상하는 눈빛으로 중얼거렸다.

그 치욕을 겪으면서도 리샤르에 남아 있으며 힘을 키우고 또 키웠다.

그러다 보니 어느덧 자신은 마탈 급의 마법사가 되어 있었으며, 고대의 마법을 사용할 수도 있게 됐다.

그뿐 아니라 자신만의 명을 따르는 비밀 군대도 만들었다.

이제 남은 것은… 정복의 문을 열고 걸음을 내딛는 일이었다.

"고생 많았다."

"아니에요, 모두 스승님이 하신 일이죠."

리스네는 고개를 저으며 칭찬을 아폴레의 공으로 돌렸다. 그런 리스네로 인해 아폴레는 더욱 기분이 좋아졌다.

제자 복은 정말 타고난 것 같았다.

"아니란다. 네가 없었더라면 이 계획은 더 늦춰졌을거다. 이번 일만 잘 풀린다면… 너에게 대공작의 자리를 주마."

"정말요?"

리스네의 표정이 환해졌다.

대공작! 과거에 몇 번밖에 없었던 자리로 정말 특별한 경우에만 주어지는 작위였다.

공작과 왕의 사이에 있는 작위이며, 왕을 제외한 모두를 발아래에 두는 위치였다.

아폴레는 그 작위를 부활시키려 하고 있었다. 자신의 손발이 되어준 리스네를 위해서 말이다.

"얼른 그날이 왔으면 좋겠어요."

리스네가 떨리는 목소리로 말했다. 아폴레는 저토록 좋아하는 자신의 제자가 사랑스러웠다.

하지만… 그녀는 리스네의 속내를 알 수 없었다.

아폴레조차 그녀의 거짓된 가면을 알아차리지 못했다.

"3일 뒤다."

아폴레가 요염한 입술을 꿈틀거리며 말했다.

"그날 프리야 공작이 왕궁을 떠난다. 그때 우리는 움직인다."

최근 왕국 북쪽 외곽에 기이한 일들이 벌어졌다.

사람들이 학살을 당했으며, 시체 역시 파먹히는 등 끔찍한 참사였다.

처음에는 몬스터의 짓이라고 생각했으나 그곳은 몬스터가 출현하지 않는 곳. 결국 파견대가 출동했다.

한데 놀랍게도 파견대마저 돌아오지 않은 채 시체가 되었고, 결국 프리야 공작이 직접 자신의 군대를 이끌고 가기로 결정됐다.

물론… 그 참사를 벌인 이도, 프리야 공작을 추천한 이도 아폴레였다.

그녀는 자신의 비밀 군대를 동원해 사람들을 죽였으며, 시체를 뜯어 먹게 했다.

파견대의 실력이 뛰어나 그녀 역시 손실이 있었으나, 결과적으로는 그녀가 원하는 대로 이뤄졌다.

왕궁을 장악하는 데 있어 가장 까다로운 존재는 다름 아닌 프리야였다.

이세스의 플루닉이 있어 그가 있다 할지라도 리샤르를 차지할 순 있겠지만, 왕궁과 그가 힘을 합치면 귀찮을 게 분명했고, 그가 없다면 손쉽게 무너뜨릴 수 있었다.

그런 다음 혼자가 된 프리야 공작을 해치우면 모든 것이 해결된다.

"알려두거라."

"네, 알겠습니다."

리스네는 직접적으로 알려주지 않아도 알아차리고 대답했다.

아폴레가 지금 말한 의미는 피의 눈물 마스터에게도 이 사실을 전하라는 것이었다.

"드디어… 드디어 내가 왕이 되는 거야. 하하, 아하하!"

아폴레가 광기에 젖은 눈동자로 웃음을 터뜨렸다.

리스네는 그녀를 지그시 바라보며 속으로 조소를 터뜨렸다.

그녀는 왕이 될 것이다. 그 사실은 변하지 않는다.

하지만… 최후의 왕은 아폴레가 아닌 바로 자신이었다.

"오랜만에 찾아왔구나."

"죄송해요. 자주 찾아왔어야 했는데……."

"아니다, 한 번씩이라도 와주는 게 어디냐?"

프리야 공작은 리스네의 방문에 반가움을 감추지 않았다. 자신의 친딸과도 같은 리스네였기에 그 마음은 더욱 컸다.

"요즘은 어떠세요?"

"나야 언제나 수련밖에 더 하겠느냐?"

"치이, 인생도 즐기고 그래 보세요."

"허헐, 못하는 말이 없구나. 갑자기 왜 그러느냐?"

평소답지 않은 말에 프리야 공작은 의아했지만 웃음으로 넘겼다. 자신을 걱정해 줘서 하는 말이라 생각했다.

하긴 자신이 리스네라 할지라도 잔소리를 했을 것 같았다.

할 줄 아는 건 검술밖에 없으며, 매일 하는 것은 수련밖에 없었다.

남들처럼 친구들을 만나 술을 마시지도 않았고, 여자를 만난 지도 오래됐다. 어떻게 보면 참으로 재미없는 인생이었다.

"오늘은 시간 되세요?"

"오늘?"

"네."

리스네가 큰 눈을 껌뻑껌뻑거리며 프리야를 쳐다봤다. 부탁이 있을 때 프리야한테만 부리는 애교였다.

“그렇게 쳐다보니 없는 시간도 만들어야겠는걸? 무슨 일이 있느냐?”

“그냥 공작님하고 데이트를 하고 싶어서요.”

“데이트?”

“네, 싫으세요?”

프리야 공작은 고개를 갸웃거렸다. 리스네가 오늘 왜 이러는 것일까. 기분이야 좋지만 이유를 알 수 없었다.

“아, 그렇군. 3일 뒤에 내가 임무를 맡아 떠나니 잘 다녀오라고 이러는 것이냐?”

“헤헤, 아셨네요.”

“녀석, 알겠다. 오늘은 데이트해 보자꾸나.”

그때야 이유를 알아차린 프리야 공작은 싱글벙글한 얼굴로 리스네와 함께 저택을 빠져나왔다.

“피곤하세요?”

“수련하는 게 차라리 백배 더 낫겠다. 그러나… 고맙고 소중한 시간이었다.”

프리야 공작은 고개를 설레설레 젓다가, 진지한 어투로 말했다.

사실 너무나 피곤했다. 하루 종일 돌아다니고, 옷을 사고, 좋은 곳도 가보고……

매일 오늘보다 혹독한 수련을 하면서도 안 하던 짓을 해서인지 몸에 맞지 않았다.

하나 리스네가 먼저 데이트를 신청했고, 그녀와 함께였다는 사실이 의미 깊었다.

"조심히 다녀오세요, 아셨죠? 저는 공작님 없으면 의지할 데가 없으니깐……."

프리야는 아폴레가 있지 않느냐고 말하려다가 애써 삼켰다.

스승인 아폴레와 아버지 친구인 자신은 다르게 느껴질 수 있기 때문이다.

어쩌면 자신한테서 리스토를 보고 있는지도 모른다.

"알겠다, 꼭 조심히 다녀오마."

프리야 공작이 확답을 주자 리스네는 안심한 표정을 지으며 요리를 먹기 시작했다.

프리야는 그런 리스네를 사랑스러운 눈길로 쳐다봤다.

그러면서 한편으로는 미안한 마음이 가슴 가득 전해졌다.

그때… 리스토를 지켜줄 수 있었더라면, 그녀가 드러내지 않는 상처가 조금은 줄어들었을 텐데…….

한편으로는 한없이 기특했다.

그 고통스러운 일들을 겪으면서도 이세스의 플루닉을 부활시켜 공작가의 명예를 되찾았다.

또한 혼자의 힘으로 가문을 안정시켰으며 번창시키고 있었다.

이제는 오히려 자신보다도 더욱 세력이 컸으며, 어른스럽기도 했다.

남은 바람이 있다면… 그녀가 좋은 남자를 만나 결혼을 하는 것. 그 결혼을 자신이 보는 일이었다.

"혹시 마음에 둔 남자는 없느냐?"

"네에?"

리스네는 면을 입에 넣다가 두 눈을 크게 떴다. 그리고는 다급히 손사래를 쳤다.

"없어요, 무슨 남자예요."

"이제 나이도 됐고 혼자 보내기에 적적하지 않니?"

"공작님도 혼자 지내시잖아요! 저는 아직 괜찮아요."

"허헐, 하긴 내가 할 말은 아니구나."

프리야는 자신의 처지를 떠올리며 머리카락을 긁적거렸다.

"언젠가 좋은 사람이 생기면 그때 가장 먼저 소개해 드릴게요."

리스네가 무안해하는 프리야 공작에게 말하자, 그의 표정이 밝아졌다.

"약속이다, 나에게 먼저다."

"네, 스승님보다도……."

리스네가 장난 섞인 얼굴로 작게 속삭였다. 그 모습에 프리야 공작은 크게 웃음을 터뜨렸다.

즐거운 시간이었다. 오랜만에 아무런 걱정도, 고민도 없이 행복만을 느끼며 보낸 시간이었다.

시간이 얼마나 걸릴지는 알 수 없으나, 임무를 수행하고 돌아온 뒤에는 리스네와 시간을 자주 보내야겠다고 다짐했다.

"들어가거라."

"네, 다음에 또 같이 데이트해요!"

"알겠다, 허헐."

리스네의 저택까지 데려다 준 프리야 공작은 활기찬 그녀로 인해 재차 웃음을 터뜨리고 돌아섰다.

그러자 리스네는 입가에서 미소를 지우고 프리야 공작의 뒷 모습을 쳐다봤다.

한때는 그가 하염없이 미웠다. 그 감정은 지금도 마찬가지 였다.

하지만… 자신을 그 누구보다 챙겨줬으며, 믿었고, 위해준 남자였다.

그렇기에 오늘 하루 봉사를 해줬다.

앞으로 다시 만나게 되는 날… 그는 죽게 될 테니.

"공작님… 숨이 멎는 그 순간, 오늘의 저만 기억하세요. 이 때까지 저에게 속아주셔서 고마웠어요. 후후."

돌아서는 리스네의 발걸음은 가벼웠다.

"나의 사랑스런 아이들아……."

아폴레는 자신 앞에 한쪽 무릎을 꿇고 명을 기다리는 수백 의 수하를 애틋한 눈빛으로 불렀다.

리스네를 제외한 그 누구도 알지 못하는 자신의 비밀 병기 들이었다

그러자 동시에 고개를 들었는데, 1/3은 평범한 청년들이었 으나, 그 외에는 생김새가 끔찍했다.

과거 프리야 공작을 기습해 왕궁으로 돌아가게 만들었던 괴

물들! 바로 그들이었다.

"후후… 나는 너희들만을 믿는다."

아폴레의 말에 괴이한 음성이 내부를 진동했다.

"푹 쉬어라. 3일 뒤… 그때 마음껏 피와 고기를 먹게 해주마."

그 말을 남긴 채 돌아서는 아폴레.

그녀는 자신의 침실로 이동해 남자들을 불렀다.

곧 20대 초반에 잘생긴 남자 3명이 중요 부위만을 가린 채, 술과 안주, 오일을 들고 나타났다.

아폴레는 속옷 하나 남기지 않고 거침없이 옷을 벗었다.

그리고 잔에 술을 따르고 침대에 눕자, 남자들은 그녀의 몸을 주물럭거리며 음탕한 마사지를 시작했다.

취기가 올랐다. 쾌락이 육체 곳곳을 간지럽혔다. 그 속에서 아폴레는 기억을 더듬었다.

어린 아이들을 납치했다. 주요 대상은 가족이 없는 아이들이었지만 때로는 부모가 있어도 상관하지 않았다.

자신의 짓이라 발각될 리 없다고 확신했기 때문이다.

만약에 의심을 받게 되면 죽여 버리면 그만이었다.

아이들을 납치한 이유는 간단했다. 자신의 병기로 만들기 위함이었다.

아무도 모르게… 지하에 거대한 비밀 연무장을 만들었다.

들키지 않기 위해 꽤 오랜 시간을 들여 완공된 그곳에서 아이들은 각자의 재능에 따라 훈련을 받았다.

아이들은 자신들이 훈련을 받는 이유조차 몰랐지만 거부할 수 없었다.

시키는 대로 하지 않으면 처벌이 이어졌다. 그들에게 검은 복면을 쓴 간수들은 악마와 다름없었다.

그렇게 시간이 지났다. 매년 수십 명의 아이들이 채워졌다.

왕국에서는 소란이 일어났고, 아폴레는 속으로 조소를 금치 못했다.

그리고 5년에 한 번씩 아이들의 실력을 점검했고 낙오자를 구분했다.

낙오자의 경우는 끔찍한 일을 겪게 됐다. 아이들도 그 사실을 잘 알고 있었다. 시범을 보인다며 자신들의 눈앞에서 보여 줬기 때문이다.

키메라… 쓸모가 없고, 발전 가능성이 보이지 않는다면 죽여서 괴물로 만들어 버렸다.

그로 인해 아이들은 더욱 이를 악물 수밖에 없었다.

언제 이곳을 벗어날지는 알 수 없지만… 적어도 죽고 싶지는 않았다. 괴물이 되고 싶지는 않았다.

실력을 쌓았다. 살아남기 위해서, 돌아가기 위해서… 강해지는 것만이 유일한 방법이니깐 아이들은 목숨을 걸고 훈련에 적극적으로 임했다.

그렇게 인정을 받으면 계약을 맺는다.

바로 주종의 계약. 한마디로 아폴레를 위한 노예가 되기 위한 마법이었다.

만약 동의를 하지 않는다면 실력이 있다 할지라도 사지를 찢어 죽여 버렸다.

자신이 얼마나 무서운 존재인지 확실히 인지시켜 주기 위함이었다.

그러자 주종의 계약을 거부하는 아이들은 존재하지 않았다. 그들은 스스로 노예가 되기를 선택했고… 마법이 시전됨과 동시에 의지를 잃으며 아폴레의 개가 됐다.

그렇게 해서 만들어진 것이 지금의 비밀 군대였다.

"그대여… 영원하리라 믿었나요?"

아폴레는 누구에게 하는지 알 수 없는 말을 중얼거렸다.

그런 아폴레의 입은 웃고 있는데, 두 눈동자에서는 서글픔과 증오가 차올랐다.

"이제… 그 염원이 머지않았습니다."

자신의 입술보다 더욱 붉은 술잔을 비우며 아폴레는… 침실의 불을 껐다.

*　　　*　　　*

짙은 어둠이 펼쳐졌다. 어디인지도 알 수 없는 곳…….

그곳에서 비명이 들렸다. 진득한 피비린내가 코를 자극했다. 끔찍한 살육이 세상을 지배했다.

악마가 강림한 듯한 밤.

에스는 정신을 차리려 노력하며 주변을 살폈다.

분명히 앞날을 알리는 것이다. 무엇인지는 정확히 알 수 없지만 대참사를 알리는 거다.

하지만… 아무리 노력해도 어디인지도, 죽고, 죽이는 사람들이 누구인지도 알 수 없었다.

어둠은 순식간에 사라졌다. 태양이 떠올랐다. 한데 채 빛을 받기도 전에 다시 짙은 밤이 찾아왔다.

그리고 한 남자가 나타났다. 그 남자의 몸에서 피가 튀었다. 남자의 신음이 에스의 귀를 자극했다.

누구냐, 누구냐고, 도대체 뭐냐!

에스는 소리를 질렀다. 그러다… 잠시나마 남자의 얼굴이 보였다.

그와 함께 에스는 비명을 지르며 두 눈을 떴다.

"허억… 허억……."

"무슨 일이시죠?"

비명 소리를 들은 시드가 가장 먼저 에스가 있는 방문을 벌컥 열며 안으로 들어왔다.

온통 식은땀에 젖어 멍하니 자신을 쳐다보는 에스가 눈에 들어왔다.

"에스님……?"

그녀의 이런 모습을 본 적이 없는지라 시드는 적잖이 당황했다.

동시에 혹시 누군가 침입했던 것이 아닐까? 판단하며 방 안을 살폈지만 그 어떤 흔적도 찾을 수 없었다.

"꿈을 꿨어……."

에스의 말문이 열렸다. 그때서야 시드는 안도의 한숨을 내쉴 수 있었다.

"그러셨군요. 좋지 않은 꿈이었… 에스님……."

시드는 말을 끊으며 자신의 두 눈을 의심했다.

에스였다. 외형은 어린 소녀이지만… 마녀이자, 광기에 젖어 있는 존재, 그 에스였다.

그런데… 에스가 울고 있었다. 에스의 검은 눈동자에서 물기가 뚝, 뚝… 떨어졌다.

"그를 봤어……."

"네? 그라니요?"

"그를 봤다고… 그가 위험해."

"무슨 소리인지… 혹시 미래를 보셨나요?"

상황을 짐작한 시드가 침착한 어조로 물었다. 지금의 에스는 너무 흥분돼 있었다. 일단 그녀를 진정시키는 게 중요했다.

"그가 위험해… 그가 위험하다고!"

"에스… 너?"

시드의 뒤를 이어 도착한 벨케가 얼굴을 굳히며 에스를 불렀다. 친구인 그조차도 보기 드문 광경이었다.

"에스님, 일단 진정하시고 차분히 말씀해 주세요."

"어떻게, 어떻게 하지……."

"에스!"

시드의 만류에도 에스는 쉽사리 진정되지 않았다. 결국 벨

케는 그녀에게 다가가 어깨를 붙잡은 채 마나를 실어 소리를
쳤다.

그러자 에스의 두 눈동자에 점점 초점이 돌아왔다.

"자, 이제 얘기해 봐."

벨케의 입가에 부드러운 미소가 지어졌다. 에스는 호흡을
몇 번 고르더니 무뚝뚝한 표정으로 돌아갔다.

"전쟁 같아."

"전쟁?"

"그래. 내가 본 건 분명 전쟁이었어. 수많은 사람들이 죽었
어. 그런데… 어디인지를 알 수 없었지. 누가 죽이는지, 누가
죽는 것인지도……."

에스는 꿈을 떠올리며 차분히 전했다.

"그러다 한 남자가 나타났어. 잊을 수 없는 사람. 그 사람도
위험에 빠졌어. 그리고 꿈이 깼어……."

"그렇다면 리샤르라는 말인가."

에스는 고개를 끄덕였다.

뒤에서 얘기를 듣던 시드는 묻고 싶은 게 너무 많았지만 지
금은 끼어들 분위기가 아닌 듯해서 꾹 참았다.

'리샤르라고……?

분명히 그녀는 어디인지 알 수 없다고 했다. 하나 단 한 명
만은 봤고, 그로 인해 리샤르라고 확신했다.

즉, 그는 리샤르의 사람이라는 뜻이다.

"알겠어, 일단 쉬고 있어. 내가 알아볼게."

“부탁할게…….”

에스가 간절한 눈빛으로 벨케를 쳐다봤다. 벨케는 그런 에스의 머리를 쓰다듬어 주고 방문을 조심스레 닫았다.

“시드.”

“네.”

방을 빠져나온 벨케가 굳은 얼굴로 시드를 불렀다.

“리샤르에 아는 사람이 있나?”

“네. 있어요.”

시드는 블스를 떠올렸다. 그때 통신을 나눴을 때 그는 리샤르였다.

“그러면 에스가 지금 한 말에 대해 확인해 봐. 혹시 그런 조짐이라도 없는지.”

“알겠어요… 그런데 그가 누구죠?”

시드는 그때서야 참고 있던 궁금증을 꺼냈다. 벨케는 잠시 턱을 매만졌다. 에스의 허락 없이 말해줘도 되는지 고민했다.

하나… 어차피 알게 될 일이었다.

에스의 예언은 틀린 적이 없으며… 전에 얘기를 들었을 때 시드와도 인연이 있는 사람이었으니.

“한때 에스가 사랑했고, 에스를 사랑했던 남자다. 너 역시 아는 사람이고.”

“제가요?”

시드가 놀란 얼굴로 질문했다. 자신이 아는 사람일 것이라고는 생각도 못했다.

곧 벨케의 입에서 충격적인 이름이 새어 나왔다.

"그는… 리샤르의 공작, 프리야다."

홀로 있게 된 시드는 에스와 프리야 공작을 떠올렸다.

그 둘이 연인 관계였다니… 정말 상상할 수도 없었던 일이었다.

더불어 왜 헤어졌는지, 아폴레와 에스는 왜 서로를 미워하는지… 더 알고 싶은 부분이 많았으나 나중에 에스가 얘기해 줄 것이라는 대답만 돌아왔다.

'일단 지금 중요한 것은 그게 아니니……'

리샤르에 무슨 일이 벌어지고 있는지 알아야 했다.

시드는 잡념을 떨쳐 버리며 마법 통신구에 마나를 불어넣었다. 그러자 곧 블스의 목소리가 들렸다.

"시드, 잘 지냈냐?"

"블스님, 물어보고 싶은 게 있습니다."

"뭐지?"

"혹시 리샤르에서 권력 다툼이 있나요?"

"아니, 그런 얘기는 들어본 적이 없는데."

"그래요?"

에스는 분명 전쟁이라고 했다. 더군다나 프리야 공작도 관련되어 있다. 그렇기에 당연히 권력 싸움이라 판단했는데… 착오라는 말인가.

"혹시 어떤 쪽으로든 전쟁이 벌어질 만한 불씨는 없을까요?"

“전쟁?”

의아해하던 블스의 목소리가 딱딱해졌다.

시드가 이리 다급해하는 것으로 봐서 분명 어떤 정보를 가졌다고 봐야 했다.

“무슨 일인지 자세히 말해줄 수 있어?”

“그게…….”

시드는 간단히 사정을 설명했다.

꿈에서 미래를 볼 수 있는 사람이 있는데, 그녀가 리샤르의 전쟁과 프리야 공작의 위험에 관한 꿈을 꿨다고.

다행스럽게도 블스는 진지하게 얘기를 들어줬다.

사실 시드야 자신이 곁에서 겪으니 믿지만, 미래를 볼 줄 안다고 하면 안 믿는 사람들이 더욱 많을 것이다.

“일단 알겠어. 내가 알아보고 연락해 줄게. 지금 리샤르가 아니거든.”

“아, 그래요?”

“현재 아카리에 와 있어. 이곳에서 검은 달을 재건 중이야. 하지만 로이스와 필시아가 리샤르에 있으니 오래 걸리지 않을 거야. 곧 연락해 줄게.”

“알겠습니다.”

시드는 통신을 끊고 초조하게 연락이 오기를 기다렸다.

상황을 들으러 온 벨케와 에스 역시 곁에서 함께 기다렸다.

그렇게 3시간 정도 시간이 흘렀다. 꽤 오래 걸리는 것이 아무래도 여러 길드를 통해 자세하게 알아보는 듯했다.

그리고 드디어 기다리던 연락이 왔다.

"그 둘이 도둑 길드와 정보 길드에 의뢰해서 알아봤다는데, 일단 권력 싸움이나, 전쟁의 기미는 없다고 했어. 말도 안 되는 소리래. 다만……."

"다만요?"

"프리야 공작이 3일 뒤에 자신의 군대를 이끌고 임무 수행을 위해 떠난다는군."

"공작님께서요?"

시드의 목소리가 높아졌다. 어쩌면 수없이 죽었다는 사람들은 그의 군대일 수도 있었다.

"괴이한 사건들이 발생했고, 아직도 정체를 파악하지 못했는데, 실력이 만만치 않은가 봐. 그래서 인명 피해를 줄이고 확실히 처리하기 위해 프리야 공작이 가게 됐다더군."

"그렇군요."

시드와 벨케, 에스는 눈을 마주쳤다.

"어쩌면 전쟁이 아닐지도 몰라요."

"그래. 그를 노리는 누군가와 프리야의 싸움일 수도 있겠어."

시드와 벨케가 한마디씩 나눌 때 에스는 입술을 매만지며 생각에 잠겨, 꿈의 내용을 재차 떠올렸다.

하나… 프리야 공작이 위험하고 많은 사람이 죽었다는 것 빼고는 알 수 있는 게 없었다.

"일단 알겠어요. 조만간 다시 연락드릴게요."

시드는 마법 통신을 끊고 벨케와 상의한 뒤 모두를 불렀다.

셋보다는 여럿이 의논을 하는 게 좋다는 판단이었다.

그로 인해 내려진 결론은 시드와 벨케가 직접 찾아가 그를 지켜주는 것이었다.

여럿이 가면 기동성 면에서 흐트러질 수도 있고, 또한 배부드도 견제해야 했으니 둘이 가는 게 가장 적합하다고 여겼다.

시드와 벨케, 프리야 공작이라면 그 어떤 적이 나타나도 지지 않으리란 확신도 존재했고.

그리고 3일이 흘렀다.

"후아아!"

아침 운동을 마친 프리야 공작은 자신의 모습을 보면서 크게 기합을 질렀다.

드디어 오늘 출전의 날이었다. 정체불명의 적들을 쓰러뜨리기 위해.

'무사히 돌아올 수 있도록.'

떠나기 전 프리야 공작은 마음속으로 짧게나마 기도를 했다.

항상 먼 곳으로 일을 처리하러 갈 때면 기도를 했었는데, 이상하게 오늘은 기도를 마쳤음에도 쉽게 발걸음이 떨어지지 않았다.

마치 누군가가 가지 말라고 붙잡는 듯한 기분이었다.

'허헐, 나도 많이 늙었나 보군.'

괜한 잡념이라 생각하며 프리야는 자신의 기사들과 함께 말을 타고 왕궁으로 향했다.

떠나기 전 출전식을 거쳐야 하기 때문이다.

처음에는 조용히 다녀오겠다고 거절했었지만, 왕이 그럴 수 없다고 우겨서 결국 프리야 공작은 수락하고 말았다.

'놈들을 빨리 만났으면 좋겠군.'

목적지는 이틀 거리였다.

또한, 갔다가 안 나타난다고 바로 돌아올 수도 없는 노릇이기에, 차라리 피곤하더라도 도착하자마자 만났으면 하는 바람이었다.

"시원하구나."

"그러게요. 날씨도 반겨주는 게 아닐까요?"

"허헐, 그런가? 그러면 얼른 해치우고 보답을 해줘야지."

차가운 바람과 함께 프리야 공작이 말하자 곁에서 함께 가던 기사가 맞장구를 쳐줬다.

프리야 공작은 기분 좋은 웃음을 터뜨리며 왕궁에 도착했다.

귀가 아플 정도의 음악 소리가 들렸다.

그리고 자신과 정면 상석에 앉아서 흐뭇하게 쳐다보는 리샤르 왕의 모습이 보였다.

그의 곁에는 귀찮다는 듯 하품을 하는 아폴레와, 따스한 시선을 보내는 리스네가 서 있었다.

곧 음악이 멈추자 모두의 주군인 왕이 자리에서 내려와 프리야 공작에게 직접 자신의 뜻을 전달했고, 기세가 충만해진 프리야 공작은 우렁찬 기합을 내질렀다.

그러자 뒤에 서 있는 100명으로 이뤄진 그의 군대가 함께 소리를 지르며 기운을 복돋았다.

"출발한다!"

모든 의식을 마치자 프리야 공작이 선두에 서서 외치며 말을 몰았다.

그 뒤를 따라 100명의 기사와 병사들이 쏜살같이 달리기 시작했다.

그와 함께 아폴레와 리스네의 입가에 차가운 미소가 맺혔다.

와그작, 와그작!

나무 위에서 두 명의 남자가 딱딱하게 말린 육포를 뜯어 먹고 있었다.

그들은 어딘가를 주시하고 있었는데, 바로 시드와 벨케였다.

현재 둘은 프리야 공작을 미행하고 있었다. 만나서 같이 갈까도 생각했지만, 기사와 병사들 중 리스네의 심복이 있을 수도 있기에 포기했다.

또한, 당장 오늘내일이 아닌 더욱 먼 미래의 꿈일 수도 있는데 미리 나서기도 뭐했다.

에스의 꿈은 그게 단점이었다.

분명히 벌어진다. 하지만 그게 언제인지를 알 수 없었다.

그래서 미행을 하며 적이 나타나면 그때 나서기로 결정을 한 상황이었다.

'프리야 공작님……'

시드가 감회에 젖은 눈동자로 그를 쳐다봤다.

거리가 꽤 있었지만 시드의 시력은 그를 찾아낼 수 있었다. 비록 뒷모습뿐이라 할지라도 말이다.

문득 머릿속으로 처음 그를 만났을 때의 날이 떠올랐다.

그때는 즐거웠었다. 돈도 많이 벌었고… 맛있는 요리도 많이 먹었으며, 마탈 급의 힘도 갖췄다.

또한 프리야 공작의 제자로 들어가기로 하면서 들떠 있기도 했었다.

한데… 그 모든 게 한 줌의 재가 되어 흩어졌다. 그리고 5년 만에 보게 된 것이다.

시드는 그에게만 자신의 목소리를 전해줄까 하고 갈등에 휩싸였다. 그라면 놀라기는 하겠지만 절대 티를 내지 않을 것이다.

그러면 리스네의 수하가 심어져 있다 할지라도 알아차릴 수 없을 것이고.

하나 시드는 곧 생각을 접었다.

목소리로 대면하는 것보단… 위기 상황에 나타나는 게 더욱 극적이니깐!

'곧 뵙겠습니다……'

목적지에 도착하면 무슨 일이 생기든, 안 생기든 시드는 프리야 공작을 따로 만날 계획이었다.

리스네와 맞서기 위해서는 그의 힘이 절실히 필요했다.

마탈 급이라는 그도 그렇지만, 그의 기사와 병사들 역시 큰 힘이 될 것이다.

또한, 비록 반쪽짜리 왕이라 할지라도⋯ 리샤르의 왕은 프리야 공작을 가장 믿고 신뢰한다는 얘기를 들었었다.

그리고⋯ 그는 진실을 알아야 했다.

"따라가자."

어느 정도 거리가 꽤 벌어지자 벨케가 말했다.

프리야 공작이 마탈 급이기에 너무 가까이 추적한다면 눈치챌 수도 있었다.

그로 인해 일부러 시드의 시야에 겨우 닿는 거리를 두고 뒤따랐다.

곧 둘은 빠르게 프리야 공작이 가는 방향으로 사라졌다.

질겅질겅 육포를 씹으며.

*　　　*　　　*

해가 지고 달이 떠올랐다.

빛은 잠들고, 어둠이 세상에 가라앉았다.

그 시각⋯ 아폴레의 저택은 분주했다. 마치 전쟁터라도 가는 듯, 수많은 기사들과 병사들이 흉흉한 기세를 풍기며 진열을 맞추고 있었다.

"스승님, 시간이 됐어요."

노크 소리와 함께 문이 열리자 아폴레는 천천히 고개를 돌렸다. 그곳에는 새하얀 로브를 입은 리스네가 서 있었다.

"프리야 공작은?"

"그는 오늘 밤 돌아오지 못해요."

"후후."

붉은색 로브를 입은 아폴레가 황홀한 눈빛으로 달을 쳐다봤다.

태양에 짓눌려 언제나 숨을 죽이며 살아와야 했던 저 달빛이 뜬 오늘…….

달 속에 갇혀 숨어 지내던 자신이 태양을 땅으로 팽개쳐 버릴 순간이 찾아왔다.

"그는?"

"조금 전 식사를 마치고 침실에 드신 것으로 알아요."

"현재 왕궁의 병력은?"

"왕궁 기사단을 비롯한 여럿 기사단들과 병사들이 존재하기는 하지만… 저희의 상대는 될 수 없어요. 또한… 이미 내부에서 일부 포섭이 끝난 상황이고요."

"그래. 네가 어련히 잘했겠니. 다만… 오늘은 그 어떤 변수도 존재해서는 안 돼. 잘 알지?"

"네."

처음이자 마지막이 될 기회였다.

기회를 붙잡게 된다면 아폴레는 왕의 자리에 오를 테고, 만약 놓치게 된다면 반역자의 이름으로 리샤르를 떠나야 했다.

물론… 후자의 경우는 있을 수 없을 것이다.

"그러면 가볼까?"

아폴레는 그 말과 함께 텔레포트 마법을 시전했다.

스파아앗!

"어? 아폴레님!"

"어쩐 일로……."

아폴레가 갑작스럽게 왕궁 정문 앞에 나타나자 지키고 있던 병사들이 고개를 숙이며 물었다.

그러자 아폴레는 평소의 웃음을 지워 버리고 눈살을 찌푸렸다. 더불어 차갑게 말을 내뱉었다.

"귀찮은 벌레들… 사라져라."

"무슨? 크, 크아악!"

"헐, 이게 뭐… 아악!"

조용한 왕궁에 비명 소리가 울려 퍼졌다. 아폴레의 불꽃 마법이 둘을 순식간에 불태워 버린 것이다.

그와 함께 왕궁에서는 비상 경고음이 발동됐지만 아폴레는 신경 쓰지 않고 뒤이어 도착한 리스네와 마법사들에게 고개를 까딱했다.

그 신호에 20명의 마법사가 왕궁 외곽의 지정된 위치에 마나스톤과 자신들의 마나를 심기 시작했다.

마법진은 미리 그려진 상태였다.

번쩌억!

마나의 주입과 함께 왕궁은 잠시 동안 붉은 빛무리에 휩싸였다.

아폴레와 마법사들이 시전한 것은 다름 아닌 고대의 마법이었다.

마법진의 영향을 받은 곳에서는 텔레포트는 물론, 주문서도 사용할 수가 없다. 왕궁에서는 물론, 다른 지역에서 왕궁으로 향할 수도 없게 된 것이다.

그뿐 아니라 마법 통신구 역시 사용이 불가능했으며 소리까지 차단했기에, 이 시간 이후로 왕궁에서 나게 될 소리는 왕궁 밖에선 전혀 들을 수가 없다.

하나 마법진을 그리고 미리 최초의 마나를 주입했던 아폴레만은 그 제약에서 자유로워, 왕궁에 들어가서도 얼마든지 자신의 군대를 안으로 텔레포트 시킬 수 있었다.

고대 마법의 신비함 중 하나였다.

"들어가자, 피의 축제를 위하여⋯⋯."

곧 아폴레와 리스네를 선두로 마법사들은 왕궁 안으로 걸음을 옮겼다.

CHAPTER 08
반란

“이, 이게 무슨 짓입니까!!”

경고음을 듣고 달려온 왕궁 기사단의 단장은 노한 얼굴로 외쳤다.

한 왕국의 공작이란 사람이 왕궁의 병사들을 죽이다니! 있을 수 없는 일이었다.

“무슨 짓인 것 같나?”

아폴레가 야릇하면서도 비릿한 미소를 흘리자 단장의 얼굴은 사색이 됐다.

“서, 설마…….”

“그 설마가 맞을 거야.”

“반역입니까……?”

"아니지, 아니야."

아폴레는 고개를 저었다. 반역이란 단어는 자신과 맞지 않았다.

"혁명이라고 봐야지, 새로운 리샤르를 위한."

"어찌 당신이… 그리고 그대도……."

단장은 지금의 현실이 믿기지 않았다.

아폴레야 소문이 안 좋으니 그럴 수도 있다고 치겠지만… 리스네까지 동참했다는 사실은 믿을 수가 없었다.

그 누구보다 충신인 프리야 공작을 잘 따른 리스네가 아니었던가.

"그래서 프리야 공작님을 보내신 겁니까? 잠깐, 그, 그렇다면!"

한 가지 사실에 도달하자 단장의 얼굴은 새파랗게 질렸다.

지금의 상황에 직면하니 프리야 공작을 의도적으로 보낸 것 같았다.

그러면… 정체불명의 살인자들 역시?

"이제 와서 무엇을 더 숨길까? 그래. 모두 내가 벌인 일이다."

"하, 하하……."

단장은 충격을 받은 채 몇 걸음 물러섰다. 그리고 힐끔 고개를 돌려 뒤를 확인했다.

기사들과 병사들이 분주히 자리를 잡고 있었다. 궁수들 역시 준비 태세를 갖추고 있었다.

“그렇게 눈치 보지 않아도 돼. 얼마든지 기다려 줄 수 있으니.”

시간이 더 지난다면 왕궁의 전력이 보강된다는 것이 뻔하지만 아폴레는 여유로운 얼굴이었다.

잔챙이들이 수백, 수천이 늘어난다 할지라도 달라지는 사실은 없다.

또한 자신에게는 기사, 병사들과 비장의 군대가 존재했으며, 이세스도 불러낼 수 있었다.

그리고 어차피 자신을 거부하는 이들은 몰살시킬 계획이었다.

그로 인해 리샤르의 전력은 잠시 주춤거리겠지만, 이세스가 있는 한 그 누구도 자신을 위협할 수 없었다.

“통신이 되지 않습니다!”

그 시각 왕궁 안은 혼란에 접어들었다.

밖에서의 사태를 전해 들은 그들은 가장 먼저 프리야 공작을 찾았다.

그가 있다 해도 이 사태를 막을 수 있다고 확신할 수는 없지만, 희망이라도 가져야 했다.

하지만 마법 통신 자체가 되지 않았다.

“크으윽, 어떻게 다른 방법이 없겠는가?”

리샤르의 한 백작이 초조한 얼굴로 소리쳤다. 그러나 그들이라고 딱히 좋은 수가 있을 리 없었다.

“일단 근방 지역으로 찾아가야 할 듯합니다.”

결국 사람이 가서 프리야 공작에게 직접 상황을 전달하기로 결정됐다.

하나, 곧 마법사들의 표정이 굳어졌다. 믿을 수 없지만 텔레포트가 되지 않았다.

"왜 그러는가?"

"가, 갈 수가 없습니다……."

"무슨 소리야!"

"죽고 싶은가!"

귀족들의 고함에 마법사들은 식은땀을 흘렸다.

그러나 정말 시도 자체가 안 되는 것을 자신들이 어떻게 하겠는가.

"아무래도 아폴레가 대단위 마법진을 설치한 것 같습니다."

"그러고 보니 최근 아폴레님이 왕궁 주위를 맴도셨습니다!"

마법사들의 얘기에 귀족들은 머리가 지끈 아파왔다.

어찌 된 연유인지는 정확히 파악할 순 없지만, 결국 프리야 공작과 그의 군대 없이 지금의 반란을 제압해야 된다는 뜻이었다.

"쉽지 않겠군."

60대로 보이는 건장한 체격의 백작이 중얼거렸다.

현재 보고된 바에 의하면 적들은 아폴레와 리스네를 비롯한 20명의 마법사였다.

전력으로 따지자면 왕궁의 상대가 될 수 없었다.

물론, 현재 왕궁의 전력도 그렇게 훌륭한 편은 아니었다.

각기 다른 영지와 도시로 흩어져 있었다, 한 나라의 힘이 항시 왕궁에 박혀 있을 수 없으니.

워프나 통신이 된다면 그 힘은 순식간에 급증하겠지만, 그 사실을 잘 아는 아폴레가 사전에 차단했다.

한데… 문제는 적이 아폴레와 리스네라는 것이다.

리스네에게는 일단 이세스의 플루닉이 있었다. 그 하나만으로도 재앙과 다름없는 사태였다.

거기다 아폴레가 승산이 없는 싸움을 할 일이 없었다.

즉, 아폴레의 계산으로는 반역이 성공한다는 확신이 있기에 움직인 것이다.

"일단 폐하께 보고를 올려야겠습니다."

"그래야지요."

왕궁에 남아 있던 귀족들의 얼굴이 어두워졌다.

*　　　*　　　*

"하루는 더 가야 되는군."

"그러게요."

벨케와 시드는 모닥불에 오우거를 구우며 대화를 나눴다. 이젠 시드조차도 몬스터 고기에 익숙해진 상태였다.

"아침까지는 시간이 나겠군."

"그동안 많이 먹어두죠!"

번쩍하며 빛나는 시드의 탐욕스러운 눈빛!

아무리 맛있어도 질리는 법이다. 하루 종일 육포만 씹어대며 추격했더니 이제는 부드러운 살코기를 먹고 싶었다.

현재 프리야 공작의 군대는 야영을 준비하고 있었다.

하루 종일 달려와 지친 부하들과 말에게 휴식을 주기 위함이었다.

마탈 급인 프리야 공작은 잠을 안 자도 문제가 없지만 기사들 모두가 그렇지는 않기 때문이다.

물론, 언제 또 일이 발생할지 알 수 없기에 최대한 짧은 수면을 취하겠지만.

"그거 좋은 생각이군. 얼른 먹고 또 잡아오자."

"네!"

시드는 싱글벙글 웃으며 맛있게 오우거를 뜯었다.

시드가 이렇게 기분 좋은 데는 두 가지 이유가 있었다.

프리야 공작과 곧 만나게 된다는 사실과, 몸의 이상 현상이 해제된 일이었다.

벨케는 그럴 마음이 없었으나, 프리야 공작과 관련된 일이라 그런지 에스가 그렇게 해줬다.

"이상하군."

일정 거리가 떨어진 곳에서 야영 준비를 마친 프리야 공작은 고개를 갸웃거렸다.

보고를 하기 위해 마법 통신을 시도했으나 연결되지 않았다. 이때까지 이런 적이 없었는데 말이다.

“어떻게 생각하나?”

“잠시 문제가 발생한 것 아닐까요?”

프리야 공작이 자신의 기사에게 묻자, 그 역시 잘 모르겠다는 듯 대답했다.

‘왠지…….’

그처럼 프리야 공작 역시 가볍게 믿고 싶었지만, 알 수 없는 불안감이 가슴의 두근거림을 재촉했다.

하필이면 자신이 왕궁을 벗어난 지금 왜…….

물론, 무슨 일이 있다 할지라도 이세스의 플루닉을 보유한 리스네와 아폴레가 잘 대처하겠지만, 찝찝함은 어쩔 수 없었다.

“안 되겠어. 자네가 가보게.”

“네?”

결국 프리야 공작은 본능에 따르기로 결정했다.

이유는 알 수 없다. 그렇지만 본능이 확인을 해봐야 한다고 외쳤다.

“자네와 나는 개인 통신구가 있으니 가서 상황을 파악한 뒤, 나에게 알려주게나. 아무래도 마음에 걸리는군.”

“알겠습니다.”

평소 프리야 공작의 충성심과 걱정을 잘 아는 기사는 토를 달지 않고 웃는 얼굴로 고개를 끄덕였다.

프리야 공작은 자신의 주군이었다. 주군의 염려를 덜어 드리는 건 당연한 일이었다.

"그러면 가보겠습니다."

이탈해야 한다는 점이 아쉽기는 했지만 기사는 티내지 않고 리스네가 챙겨줬던 주문서를 품에서 꺼내 찢었다.

그리고 그와 프리야 공작은 당황을 금치 못했다.

"어?"

찢는 순간 왕궁으로 이동이 돼야 했다. 한데 아무런 변화가 없었다. 마치 맨 종이를 찢은 것 같았다.

"이게 무슨 일인가?"

프리야 공작은 자리에서 벌떡 일어나며 목소리를 높였다. 그로 인해 다른 기사들이 몰려왔다.

"주군, 왜 그러십니까?"

프리야 공작은 기사들에게 현재 상황을 설명했다.

그러자 다행스럽게도 몇몇의 기사가 리스네가 준 주문서 외에 각자 챙긴 주문서를 가지고 있었다.

찌이익!

"뭐, 뭐지?"

기사는 주문서를 찢고 멍한 얼굴로 중얼거렸다.

자신이 가지고 있던 주문서가 잘못됐을 리가 없었다. 하나 여전히 아무런 변화가 없었다.

"제, 제가 해보겠습니다."

찌이익!

다른 기사가 다급히 주문서를 찢었다. 결과는 똑같았다.

"이곳이 무언가의 방해를 받고 있는 것인가? 아니면 혹시……."

프리야 공작은 불안감이 엄습해 왔다.

그래서 왕궁으로 향하는 것이 아닌 다른 주문서를 가진 기사에게 찢어보라고 했다.

찌이익! 스파앗!

그러자 이때까지와는 달리 그 기사는 주문서를 찢자마자 빛에 휩싸이며 사라졌다.

동시에 프리야 공작의 두 눈이 부릅떠졌다.

왕궁으로만 이동이 안 되는 일은 상식적으로 있을 수가 없었다.

그럴 경우에는 둘 중 하나였다.

누군가 고의적으로 방해를 하고 있던가, 혹은… 왕궁에서 위험을 느끼고 그 누구의 출입도 막기 위해서이던가.

프리야 공작은 전자라고 확신했다.

그렇지 않고서야 자신하고 마법 통신까지 안 될 일이 없었으니 말이다.

"모두 왕궁으로 돌아간다! 어서!"

프리야 공작이 마나를 잔뜩 실어 고함을 질렀다.

자신과 자신의 군대가 비워진 틈을 타 적들이 침입했다.

뭔가 절묘하다고 느껴졌다. 더불어… 한 여자의 모습이 떠올랐다.

피해없이 확실하게 처리하는 게 좋지 않겠냐며 자신을 추천한 아폴레 공작이…….

“뭐지?”

한참 산을 뒤지며 약초를 찾고, 몬스터들을 학살하고 있던 시드는 프리야 공작의 마나를 느끼며 다급히 벨케에게 돌아갔다.

“움직인다.”

벨케는 시드가 오자마자 다급히 먼저 떠난 프리야 공작과 군대의 뒤를 따라가며 말했다.

“무슨 일이죠?”

“나도 잘 모르겠다. 다만… 왕궁이 위험한 것 같아.”

시드의 미간이 좁혀졌다. 동시에 에스의 꿈이 떠올랐다. 전쟁!

프리야 공작이 출두한다는 소식을 접하고 왕궁과는 별개의 일이 아닐까 판단했었는데…….

“어떻게 하죠?”

시드의 물음에 벨케는 잠시 고민했다.

현재 프리야 공작과 군대는 나눠져서 이동하고 있었다.

왕궁과 가까운 위치로 이동하는 주문서가 있는 이들은 주문서를 찢어 이동했다. 따로 움직이는 것은 좋지 않지만 워낙 긴급하다 보니 어쩔 수 없었다.

그중에는 프리야 공작도 있었다.

그는 자신의 저택을 향한 주문서를 찢었다.

저택에서 왕국 근방의 도시를 향한 주문서를 찾아 빠르게 돌아가기 위함이었다.

“일단 우리도 돌아가자. 그곳에서 주문서를 찾아 왕궁으로 다시 이동해야겠어.”

“알겠어요.”

이대로 뛰어서 가다가는 시간이 너무 오래 걸린다.

차라리 마르트 왕국으로 가서 주문서를 구해 이동하는 게 더욱 빨랐다.

에스를 비롯해 시멘 용병단들도 여러 곳의 이동 주문서를 가지고 있으니 말이다.

곧 벨케와 시드는 주문서를 찢고 빛에 휩싸였다.

“프리야는? 그는 언제 돌아오는가!”

소식을 접한 리샤르의 왕은 얼굴이 새파랗게 질렸다. 그의 곁에 있는 왕비와 아이들도 다를 바 없었다.

“현재 통신이 되지 않습니다, 폐하.”

한 백작이 머리를 바닥에 숙이며 재차 비보를 전했다.

그러자 리샤르의 왕은 이마를 부여잡으며 괴로워했다.

왕이라고 하기에는 용기도 없고, 훌륭한 본보기가 되지 못하는 그였다.

만약 프리야가 없었더라면 이미 반역이 일어나도 수없이 일어났어야 할 정도의 품성이었다.

그렇기에 그는 프리야에게 많은 부분을 의지했었다.

한데, 이런 사태에 프리야가 없다니 불안감이 극도로 치솟았다.

“염려하지 마십시오! 저희들이 폐하를 지키겠습니다. 그리고 아폴레와 리스네, 두 계집을 해치우겠습니다!"

"그, 그럴 수 있겠느냐?"

왕실에 모두 모인 귀족들은 하나같이 우렁차게 대답했다.

그럴 수 있냐가 중요한 게 아니었다. 꼭 그렇게 해야 했다.
안 그러면 모두가 죽는 것은 똑같을 테니 말이다.

"이제 다 됐느냐?"

주위를 관찰하던 아폴레가 실소를 흘리며 물었다.

기사들과 마법사, 병사, 궁수들을 합친 수는 대략 1,000여 명
정도로 추측됐다.

생각보다 많이 모였지만 아폴레에게 그들의 수는 중요하지
않았다.

저 중에서 실제적인 전력은 에트 급부터였고, 그렇게 구분
할 경우 그 수는 대폭 줄어든다.

"네년의 그 입이 다시는 웃지 못하도록 해주마! 쏴라!"

슈슈슉!

단장의 외침과 함께 수많은 화살이 허공에 선을 그리며 아
래로 떨어졌다.

기사 단장이 일부러 그녀들을 감싸지 않고 거리를 벌린 이
유였다.

투투툭!

곧 화살의 비가 아폴레와 리스네를 비롯한 20명의 마법사
에게 내리꽂혔다. 그렇지만 기사 단장의 표정은 밝아지지 않

왔다.

예상했던 일이었다. 아폴레와 리스네들은 마탈, 라탈 급 마법사였다. 함께하고 있는 20명의 마법사 역시 뛰어난 실력자들이었다.

그렇기에 화살 따위로 상처를 입힐 수 있을 리가 없었다.

하나, 조금이라도 마나의 소모를 일으키기 위해 쉬지 않고 화살의 비를 퍼부었다.

"힘을 빼려나 본데… 시간 낭비일 뿐이다."

보호막 안에 있는 아폴레가 비웃음을 흘렸다.

파직!

그때 지금까지와는 다른 묵직한 충격이 보호막에 적중했다. 아폴레가 고개를 들어 확인하니 뒤늦게 도착한 화살 부대였다.

그들은 에트 급의 실력자들로 이루어져 있으며, 두 명은 라탈 급의 실력을 갖추고 있었다.

"그래 봐야 깨지 못한다."

마나가 담긴 화살의 위력은 상상을 초월한다. 특히 라탈 급의 경지라면 더욱 그러했다.

하나 마탈 급인 아폴레에게는 통하지 않았다.

"이제 끝내도록 하죠."

곁에서 지켜보던 리스네가 말했다.

그러자 즐거움에 심취해 있던 아폴레가 천천히 고개를 끄덕였다. 오래 끌어서 득이 될 일은 없었다.

아폴레는 마나를 지팡이에 끌어올리며 주문을 외웠다.

그와 함께 거대하고 넓은 마법진이 형성되더니 곧 그녀와 리스네의 수많은 기사와 병사들이 나타났다.

아폴레의 비밀 군대와 카란도 함께…….

스로우는 왕궁이 있는 방향을 한참 동안이나 쳐다보다가 술을 벌컥벌컥 들이켰다.

3일 전… 리스네에게 얘기를 들었을 때 경악을 금치 못했다.

자신의 귀가 제대로 들은 것인가? 반역을 하겠다니!

물론 이해는 했다. 왕은 리스네 가문에 워낙 큰 잘못을 저질렀다.

자신 역시 그때 얼마나 괴로워하고 분했던가.

만약 이전이라면 원치 않아도 따랐을 것이다. 하지만 시드의 얘기가 진실이라고 확신하고 있는 지금은 그럴 수 없었다.

언젠가는 리스네의 곁을 떠날 테니.

그래서 반역에 동의하지 못했다. 그러자 리스네는 방해만 하지 말아달라고 부탁했다.

언제부터인가 변한 것 같다는 말을 남기며.

'나는 어떻게 해야 되는 것인가…….'

스로우는 갈등했다. 리스네를 도울 수는 없었다. 한데, 현재의 왕 역시 돕고 싶은 마음이 없었다.

한 왕국의 신하로서, 왕은 모두의 주군이지만… 과거의 기억이 잊혀지지가 않았다.

그렇다고 이대로 구경만 하자니 그것도 싫었다.

결국 고민이 깊어질수록 스로우는 더욱 술에 심취했다. 마시고, 마시고, 마시고 또 마셨다.

차라리 만취를 한 채 쓰러지고 싶었기 때문이다.

'당신은 무엇을 하고 계십니까……'

그 와중에 스로우는 시드를 떠올렸다.

자신이 리스네를 떠난다면 그는 시드에게 힘을 실어주고 싶었다.

사실 마음같아서는 모든 것을 잊고 가족과 함께 떠나고 싶었다.

하나… 시드에게는 은혜를 입었다. 또한, 그의 말은 틀리지 않았다. 한 번은 보답을 해야 했다.

다 털어버리고 떠나는 것은 그 뒤의 일이었다.

"도대체 제가 어떻게 해야 합니까!!"

스로우는 곁에 없는 시드를 향해 고함을 질렀다.

차라리… 과거 그때로 돌아가고 싶었다.

리스네와 시드가 누나, 동생하며 함께 웃고, 이제 리스네 가에 남은 것은 평화뿐이라고 믿었던… 그때로.

하지만 지나간 시간은 그 누구도 돌릴 수 없었다.

시드와 벨케가 돌아오자 볼일이 있어 자리를 비운 시란을 제외한 일행은 한 자리에 모이게 됐다.

"갑자기 돌아갔다고?"

사정을 전해 들은 벨트라가 머리를 긁적이며 묻자, 시드는 고개를 끄덕였다.

"그렇다면 지금 왕궁에서 무슨 일이 벌어지고 있다는 거야?"

"거기까지는 모르겠어요."

"이유없이 돌아가지는 않았을 테지."

에스가 말문을 열었다. 적어도 자신이 아는 프리야는 그러했다.

"저도 같은 생각이에요. 잠시만요."

시드는 마법 통신구를 통해 블스와 연락을 취해, 얘기를 나눴다.

3일 전 대화를 나눈 이후, 프리야 공작의 저택과 왕궁 근처에 그의 살수들이 대기하고 있었기 때문이다.

무슨 일이 벌어지면 바로 알 수 있도록.

"아무런 얘기를 듣지 못했는데? 왕궁으로?"

"네, 근처에 살수분들 계시죠?"

"그래, 두 명 정도가 있어."

"알아봐 주시겠어요?"

"알겠다. 잠시만 기다려라. 왕궁에 접근해 보라 할 테니깐."

통신을 끊고 고민에 잠긴 시드는 블스에게 연락이 오기만을 기다렸다.

일행들끼리 얘기를 나눠봤자 어차피 확신할 수는 없었다. 모든 추측이 가능성있는 얘기였으니.

그렇기에 검은 달의 살수가 확인하는 게 가장 빠른 길이었
다.

무슨 일인지도 모르는데 무턱대고 왕궁을 찾아가기도 난감
했고 말이다.

"시드, 시드!"

"네. 알아보셨어요?"

그때 마법 통신구에서 신호가 와 시드는 마나를 불어넣었
다. 그러자 블스의 다급한 목소리가 들렸다.

일행은 긴장하면서 블스의 목소리에 귀를 기울였다.

"큰일 났다."

"큰일이라니요?"

"왕궁 지척까지 접근했는데 아무 소리가 나지 않는다더군.
마치 그 누구도 존재하지 않는 것처럼. 한데… 그럴 수가 없거
든. 작은 소음이라도 나야 정상인 거야. 특히 살수들은 그런
부분에 대해서는 예민하고. 즉, 누군가가 왕궁 안에서 나는 소
리를 차단하고 있다는 뜻이지."

시드의 미간이 찌푸려졌다. 불안한 예감이 사실화되는 것
같았다.

"그리고… 냄새는 막지 않았는지, 아니면 못했는지 모르겠
지만 짙은 피비린내가 난다더구나. 그것도 한둘이 아닌… 그
녀석들조차 머리가 어지러울 정도로. 안까지 잠입해 보냐고
묻기에 내가 말렸다."

"잘하셨어요."

마음 같아서는 정확히 어떤 일이 벌어지고 있는지 알고 싶었지만 너무 위험했다.

또한, 살수들의 얘기로 아까보다는 확연하게 짐작이 가능했다.

"어떻게 할 생각이냐?"

"일단 가봐야죠. 왕궁은 저와 상관이 없지만… 지켜야 될 사람이 있으니."

"지켜야 될 사람?"

"다녀온 뒤에 자세히 얘기해 드릴게요."

블스와 언제까지 대화를 나눌 수 없는 시급한 상황이기에 시드는 궁금증을 풀어주지 않은 채 통신을 끊었다.

그 후, 일행을 쳐다봤다.

"리샤르의 반역이라… 예상치 못했던 일이군."

바에튼이 침통한 얼굴로 중얼거렸다.

지금까지 4대 왕국은 평화로운 관계를 유지해 왔다. 초인족들이 사냥당하기도 했지만… 그래도 왕국끼리의 큰 마찰은 없었다.

한데, 반역이 성공하고, 리샤르의 왕이 교체된다면 어떻게 될지 알 수 없는 일이었다.

새로운 왕이 지금까지의 관계를 유지할 수도 있지만, 아닐 수도 있으니.

피에 굶주린 이는 언제나 새로운 피를 찾아 헤매는 법이었다.

"서두르자."

벨케가 어두워진 에스의 얼굴을 확인하더니 자리에서 일어섰다.

"나도 같이 가겠어."

그러자 에스가 함께 일어섰다.

"괜찮겠어?"

벨케가 걱정이 담긴 눈빛으로 그녀를 향해 물었다. 에스는 아무런 대답 없이 벨케의 눈동자를 지그시 쳐다봤다.

"우리들도 같이 가지."

아침에 출발할 때와는 상황이 달라졌다. 벨트라가 자신들도 같이 가고 싶다는 의지를 담아 말하자 시드는 고개를 저었다.

반역이라면 주동자는 뻔했다. 아폴레와 리스네였다.

미안하지만 시멘 용병단은 이번 싸움에 도움이 될 수 없다. 그들하고는 격이 다른 상대들이었다.

또한, 자신이나 벨케, 에스조차 지켜줄 수 없는 상황이 펼쳐질지도 몰랐다.

"위험해요."

시드의 강경한 거절에 벨트라는 긴 한숨을 내쉬며 자리에 앉았다.

시드가 자신들의 마음을 모를 리 없었다. 그럼에도 데리고 가지 않는다는 것은, 스스로의 안전도 보장할 수 없다는 뜻이었다.

하니, 자신들이 가면 죽을 수도 있으니 두고 가는 것이다.

벨트라는 그래서 더욱 마음이 좋지 않았다.

그토록 위험한 곳에… 물론 벨케와 에스가 있다 할지라도, 시드 혼자 보내는 것이 영 마음에 걸렸다.

"오빠……."

메리아 역시 눈치를 챘는지 두려움이 가득한 표정으로 시드를 바라봤다.

"아무 일도 없을 거야. 오빠를… 믿어줘."

시드는 메리아의 머리카락을 쓰다듬어 주며 애써 웃었다.

"그러면 갈까?"

기다려 주던 벨케가 얘기하자 에스는 곧 마나를 끌어올리며 주문을 외우기 시작했다.

그녀는 원래 리샤르의 사람이었다. 그래서 기억 속에 위치한 왕궁 근처 도시로 텔레포트를 시전하려는 것이다.

곧 주문이 완성되자 셋의 신형은 사라졌고… 메리아는 두 손을 꼭 모은 채 기도했다.

제발 모두가 무사히 돌아오기를…….

리샤르의 왕궁에서는 지옥이 펼쳐졌다.

곳곳에서 피가 흩뿌려졌으며, 소름끼치는 비명이 사방에서 퍼졌다.

시체가 쌓여가기 시작했고, 신체가 잘려 나가며 하늘 높이 솟구쳤다.

피의 축제. 죽음의 전주가 무겁게 가라앉은 그곳에서 아폴레는 황홀한 얼굴로 중심에 서 있었다.

“너만큼은 용서할 수 없다!”

그런 아폴레에게 왕궁 기사단의 단장이 달려들었다.

그는 50대의 나이로 라탈 급 상급에 이른 실력자였으며, 실력과 비례하는 충성심과 의리로 프리야에게도 신임받는 자였다.

“용서는… 힘있는 자만이 쓸 수 있는 단어다.”

아폴레는 무시무시하게 파고드는 그의 검을 보호막으로 막아서며 말했다.

콰아앙!

폭음이 울려 퍼졌다. 아폴레조차 신형이 움찔거렸다. 괜히 왕궁 기사단의 단장이 아니라는 사실을 보여줬다.

“죽어라!”

기사 단장은 이 상황에서도 침착함을 유지하되, 분노를 실었다.

그래서 정확한 검 놀림을 잊지 않았고, 거기에 파괴력까지 더해졌다.

그러자 아폴레 역시 맞부딪치기보다는 피하는 방법을 선택했다.

“얼어붙어라.”

쩌저저적!

기사 단장의 양다리가 아폴레의 마법에 적중됐다.

뼛속을 파고드는 한기와 함께 두 다리는 얼음덩이에 파묻혔다.

"하아압!"

단장은 기합과 함께 마나를 양발로 이동시켰다.

질 수 없었다. 이 자리에서 죽을 수도 없었다. 아폴레를 용서할 수도 없었다!

만약 이곳이 무너진다면… 그다음은 뻔했다.

리샤르의 기둥이자 중심인 왕이 위험하게 된다!

"나와라!"

기사 단장은 플루닉을 소환했다. 마치 코뿔소처럼 생겼으며 온몸이 붉은빛을 띤 플루닉이었다.

"아폴레!"

기사 단장이 플루닉과 함께 허공에 떠 있는 아폴레를 향해 돌진했다.

부우웅!

그의 플루닉이 특수 능력을 발휘했다. 그와 함께 아폴레는 인상을 찌푸렸다. 온몸이 견딜 수 없게 무거워졌다.

쿠웅!

결국 아폴레의 육체는 지면으로 추락했다.

코뿔소 플루닉의 특수 능력은 바로 중력이었다. 그 무엇이든 10초 동안 움직이기도 힘들 만큼 중력을 늘려 버린다.

"이 반역자!"

그런 아폴레의 코앞에서 단장이 검을 휘둘렀다.

그는 플루닉의 특수 능력을 생각해 미리 그녀가 떨어질 지점으로 움직인 것이었다.

하지만 아폴레의 입가에는 미소가 지어졌다.

"몸이 무거워진다고 마법을 못 쓰는 것은 아니지."

슈우웅! 콰지직!

아폴레의 신형이 사라졌다. 단장의 검은 지면을 산산조각으로 만들었다.

그리고 등 뒤에서 느껴지는 서늘한 기운에 다급히 몸을 굴렸다.

"커어억!"

"아아아악!"

칼날 같은 바람이 단장이 아닌 뒤에서 치열하게 싸우고 있던 기사들에게 적중했다.

한 명은 팔이 잘려 나갔으며, 다른 한 명은 허리가 잘라져 비명과 함께 즉사했다.

"오호라… 자기가 살겠다고 부하들을 죽였군?"

"이, 이익!"

단장의 두 눈이 붉게 충혈됐다.

순간적으로 피한 결과가 이렇게 나타날 것이라고는 예측하지 못했다.

거기다 아폴레의 조롱까지 겹치니 침착함을 유지하려고 노력하던 그도 뒤틀리고 말았다.

"죽여 버리겠다! 죽어!"

단장의 전신에서 폭발적인 마나가 검으로 이동했다.

단 한 번의 일격으로 아폴레를 산산조각 내버릴 심산이었다.

그와 함께 플루닉 역시 그녀를 노리며 돌진했다.

"맞서주지."

얼마든지 피하려면 피할 수 있었고, 플루닉을 소환한다면 쉽게 끝낼 수 있는 싸움이었다.

라탈 급 상급이라 할지라도 라탈 급과 마탈 급의 차이는 너무나 컸으니.

하나 아폴레는 그러지 않았다. 오랜만에 즐기고 싶었다.

수련을 하고, 병기들을 키우면서 제대로 싸워본 적이 없었다.

"으아악!"

괴성과 함께 단장의 검에서 일직선으로 마나가 발출됐다. 동시에 뒤에서는 플루닉이 돌진했다.

아폴레는 그 모든 사실을 알면서도 눈을 감은 채 빠른 속도로 마나를 모았다.

그리고 그녀가 두 눈을 뜨자 엄청난 불꽃의 회오리가 솟구치며 플루닉과 단장, 주변의 왕궁 기사, 병사 일부를 휩쓸었다.

"후우……."

아폴레는 복부에 손을 댄 채 숨을 내쉬었다.

방금 전 자신의 공격으로 수십 명의 적이 사지가 갈기갈기 찢긴 채 죽었다. 그중에는 단장도 존재했다.

단, 아폴레도 완벽하게 막지 못했다.

복부에서 흐르는 피가 그 증거로, 아폴레는 잠시 상처를 바라보다가 치료 마법을 시전했다.

그때서야 피가 점차 멎어들었다.

"강하군."

아폴레는 통증이 사라지자 주위를 둘러보다 한 남자를 주시했다.

가면을 쓴 그는 대단한 실력을 보유하고 있었다.

검을 휘두르면 상대는 막지도 못한 채 몸이 동강 나버렸다.

거기다 그의 전신에서 뻗어지는 숨 막히는 마나와 살기는 아폴레조차 긴장시켰다.

'나조차도 승패를 장담할 수 없는 존재. 하긴… 그이니 당연한지도.'

어느 날 갑자기 리스네 곁에 나타난 남자.

아폴레는 단번에 그가 마탈 급이라는 사실을 파악하며 어떻게 된 거냐고 물었다.

그러자 리스네는 솔직하게 말했다.

그의 정체가 다름 아닌 검은 달의 카란이라는 사실을.

'언젠가는 나의 것으로 만들어주지.'

아폴레는 탐욕스러운 입술을 혀로 핥았다.

"으랏차!!"

페이리는 신나게 검을 휘둘렀다.

리스네가 오늘의 계획에 대해 알려줄 때 가장 반긴 이는 다름 아닌 페이리였다.

이 나라를 아폴레와 리스네가 가지게 된다면 자신 역시 덩

달아 출세를 하게 될 것이니.

그래서인지 없던 힘도 솟아오르는 것을 느끼며 기사와 병사들에게 검을 겨눴다.

물론, 자신보다 강한 이들을 피해 약한 이들만 상대했다.

그런 페이리를 아네뜨는 뒤에서 보조했다.

그녀 역시 이번 일을 좋게 보는 편이었으며, 얼른 이 싸움이 끝나기를 바랐다.

"이게 정말 옳은 것일까……."

그러나 모두가 같은 생각은 아니었다.

한 기사의 숨을 끊은 나스크는 침통한 표정이었다.

자신의 주군이기에 악명이라 할지라도 따르고 있지만… 마음이 불편한 것은 어쩔 수 없었다.

지금 싸우고 있는 적들은 한때는 동료였다.

그중에는 아는 얼굴도 존재했으며, 절대 이렇게 만나리라고는 상상도 할 수 없었다.

하지만 아무리 부정하고 싶어도 현실이었다.

또한 자신은 그들을 향해 검을 휘두르며 죽이고 있었다.

"젠장, 도대체 왜! 왜……."

뒤에서 들리는 익숙한 목소리에 나스크는 서글픈 눈으로 돌아봤다.

그곳에는 함께 검을 수련하던 동료가 괴성을 지르며 바닥에 쓰러지고 있었다.

가슴에 치명상을 입은 게 눈에 들어왔다. 곧 숨이 멎을 듯했다.

터벅, 터벅.

나스크는 그를 향해 걸음을 옮겼다.

자신이 잠시 쉰다고 해서 전세에 영향을 끼치진 않는다.

프리야가 없고 구원을 요청할 수 없는 리샤르 왕궁은… 이미 패배한 것과 다름없었다.

"나, 나스크……."

나스크가 다가가자 그가 알아보며 피를 토해내며 말했다. 그런 그의 눈동자에는 물기가 맺혀 있었다.

죽음이 다가와서인지, 아니면 지금의 비극 때문인지는 알 수 없었다.

"잘 지냈나?"

나스크가 애써 웃으며 말했다. 그리고 곧 떨리는 목소리로… 그를 보냈다.

"잘 가게."

그러자 그 남자는 의미를 알 수 없는 미소를 짓더니 곧 숨이 멎었다.

'리스네님…….'

나스크는 고개를 돌려 리스네를 찾았다.

'끝까지 가겠습니다……. 제발 저에게 오늘의 선택이 옳았다는 것을 보여 주세요…….'

이미 손에 피를 묻혔다. 이제 와 돌이킬 수 없다. 그렇다면 믿고 따라가는 것 외에는 길이 없었다.

그리고… 리스네를 이해해 주고 싶었다.

자신의 어머니를 죽인 왕에 대한 분노는 지워지지 않았을 테니.

"이, 이세스!"

"어떻게 이세스와 싸우라는 말이야!!"

싸움은 혼란스러웠다. 수많은 기사와 병사들이 서로를 향해 복잡하게 검을 겨눴고, 수많은 플루닉들이 모습을 드러냈다.

아폴레 역시 오늘을 대비해 각국에서 은밀히 구입했기에, 양 진영 플루닉들의 수는 꽤 많았다.

또한, 싸움에 참전하게 된 피의 눈물도 플루닉을 보유하고 있었으니, 마치 왕국 대 왕국의 소규모 전쟁을 보는 듯했다.

그중에서 단연 돋보이는 플루닉은 다름 아닌 이세스였다.

라탈 급 플루닉은 대륙 전체에서도 20기밖에 없었다. 그중에서도 이세스는 최강이라 불리는 플루닉이었다.

리샤르 왕궁에는 이세스를 포함, 총 세 기의 라탈 급 플루닉이 존재했다.

한데 그중에 한 기는 자리에 없는 프리야 공작의 소유였으며, 다른 한 기는 아폴레한테 있었다.

즉, 이세스를 막을 수 있는 힘은 존재하지 않는다는 것이다.

퍼어엉! 콰아앙!

그때 밀집한 마나의 기운이 날아와 이세스의 가슴에 부딪쳤다.

대단한 위력인지 이세스의 신형이 잠시 휘청거렸지만 맞은 부분이 파손되지는 않았다.

"발악일 뿐."

리스네는 정체를 확인하자 실소를 흘렸다.

"귀찮은 것 먼저 없애야겠어……."

생각을 굳히자 이세스의 플루닉은 학살을 멈추고 높이 뛰어올랐다.

왕궁에는 여러 가지 전쟁 무기들이 존재했다.

마법과 기술이 합쳐져 만들어진 것도 있었는데, 조금 전 이세스를 공격했던 것도 그중 하나였다.

적은 양의 마나도 몇 배로 증폭시켜 발사한다.

다만, 크기가 워낙 크고 무게도 무거웠으며, 유지하기 위해서는 갖가지 마법 물품들도 필요해 이동이 쉽지 않았다.

그래서 왕궁을 비롯한 중요한 곳들에만 존재했고, 전쟁 때에만 다른 지역에 설치하고는 했다.

부우욱!

무기는 단단한 금속 재료로 만들어졌음에도 불구하고 이세스의 힘을 이기지 못한 채 구부러졌다.

왕궁을 지키려고 노력하던 이들의 얼굴에서는 핏기가 점차 사라졌다.

아폴레와 리스네, 그리고 프리야.

리샤르의 핵심이자 힘인 세 명의 공작들. 그중에서 두 공작이 힘을 합치자 압도적이었다.

제아무리 4대 왕국의 하나인 리샤르의 왕궁이라 할지라도… 저 둘을 막을 수가 없었다.

'프리야 공작님…….'

모두들 하나같이 그를 떠올렸다.

그가 돌아온다 해도 압도적인 전력 차에 승리를 장담할 수 없지만… 현재 모두에게는 프리야가 희망이었다.

하나 아무리 애타게 불러도 프리야는 나타나지 않았다.

퍼지직!

한 기사의 머리가 터졌다. 뇌가 즙이 되어 흘러내렸다. 비명도 지르지 못한 채 맞는 죽음.

리스네는 그 광경을 지켜보며 더욱 이세스를 바쁘게 움직였다.

이제 서서히 끝이 보이고 있었다.

당장은 자신의 야망을 드러낼 마음은 없었다. 대공작에서 만족하는 척해줄 것이다.

하지만… 언젠가는…….

리스네는 차갑게 웃음을 터뜨렸다.

와그적, 와그적!

치열한 전투는 마무리 단계였다.

넓은 왕궁 안에는 시체들이 즐비했으며, 구역질 나는 냄새가 진동했다.

그 속에서 크게 한몫했던 리스네의 비밀 군단들. 그중에서

도 키메라들은 배고픔을 참지 못하고 시체들을 뜯어 먹기 시
작했다.

"우욱……."

"정말 같은 편이라고는 해도 저건……."

기사들과 병사들은 인상을 찌푸렸다. 차마 보지 못하는 이
들도 있었으며, 때로는 구역질도 했다.

그만큼 사람이 뜯어 먹히는 광경은 끔찍했다.

"저희들은 그만 가보겠습니다."

중간에 참여해서 활약을 펼친 피의 눈물의 마스터가 아폴레
와 리스네에게 고개를 숙이며 말했다.

리스네는 가라는 뜻으로 고개를 끄덕였다.

그러자 피의 눈물은 빠르게 모습을 감췄다.

"달이 밝구나."

모두가 아폴레를 주시하고 있을 때, 그녀가 고개를 들어 밤
하늘을 쳐다보며 말했다.

그런 아폴레의 표정은 달보다 더욱 밝아 있었다.

드디어 원하던 것을 얻었다. 이제 마지막 단계만이 남아 있
었다.

"이세스를 역소환할게요."

"그래."

아직 모든 싸움이 끝난 것은 아니었다.

왕궁에 남아 있던 귀족들 중 절반은 나타나지 않았다.

그들은 왕의 곁에서 자신들이 오기만을 기다리고 있을 것이

다. 그러나 이세스가 없어도 충분한 전력이었다.

그렇기에 피의 눈물도 돌려보낸 것이다.

"너무나 쉬웠어……."

아폴레는 여러 변수를 생각했다. 그래서 신중, 또 신중을 기했다.

한 번 실패하면 기회를 다시 찾기 어려운 계획이었으니 말이다.

완벽함을 위해 이세스의 부활까지도 기다렸는데… 프리야는 돌아오지 못했고, 어렵지 않게 일을 끝냈다.

물론, 자신들의 병력도 꽤 피해를 입었지만, 그 정도는 얼마든지 다시 복구할 수 있었다.

오늘 곳곳이 부서진 자신의 왕궁도 마찬가지이고.

"들어가자."

한참이나 왕궁에서 시선을 떼지 못하던 아폴레는 그 말과 함께 앞장섰다.

리스네와 카란이 그 뒤를 따랐고 기사, 마법사, 병사들 중 실력이 뛰어난 20명이 함께 전진했다. 비밀 군대는 누구도 들어오지 못하게 입구를 지켰다.

그 시각 프리야 공작은 허겁지겁 왕궁으로 달리고 있었다.

마나의 소비가 컸지만, 신경 쓰지 않고 최대한 빨리 움직였다.

그는 저택에 도착하자마자 왕궁과 가장 가까운 도시의 주문서를 찾아 이동했다.

'제발, 제발!'

프리야 공작의 두 눈동자가 간절함으로 물들었다.

자꾸 머릿속에서 떠오르는 끔찍한 상상을 지우기 위해서인
지 고개를 저었다.

더불어 자신의 걱정이 괜한 기우이기를 바랐다.

아무 일도 없기를, 착각이었을 뿐이기를… 있었다 할지라도
큰 피해를 입지 않았기를.

마지막으로 자신의 주군이 무사하기를.

달리는 내내 기도하고, 바라고, 원했으며, 마음은 이미 왕궁
에 도달해 있었다.

하나 거리가 쉽게 좁혀지지 않았다. 천 걸음을 움직인 듯한
데 이제 열 걸음 전진한 것 같은 느낌이었다.

그만큼 프리야 공작은 초조해 있었다.

"으, 으윽!"

"사, 살려줘!"

왕궁 안에 남아 있던 소수의 병사들이 아폴레와 리스네를
발견하자 달아났다.

왕을 지켜야 한다는 임무보다, 당장 코앞에 닥친 죽음이 두
려운 것은 어쩔 수 없는 사람의 본능이었다.

간혹 그 두려움을 벗어나는 사람들도 있었지만, 이들은 해
당되지 않았다.

"이게 리샤르의 모습이었지."

아무런 방해 없이 왕의 기운이 느껴지는 곳으로 발걸음을 옮기던 아폴레가 비웃음을 흘렸다.

자신이 왕이 될 리샤르는 앞으로 많은 변화가 있을 것이다.

왕이라는 단어 하나만으로도 모두가 숨이 막힐 정도로.

"이곳에 있었군."

왕의 기운이 느껴지는 곳은 다름 아닌 접대실이었다. 많은 인원과 함께 있기에 적합한 곳이기도 했다.

똑똑똑.

아폴레는 예의를 갖추며 노크를 했다.

그러나 이 상황에서는 오히려 상대가 기분 나빠할 행동이었다.

"제가 부수고 들어갈까요?"

예상처럼 대답은 돌아오지 않았다. 아폴레는 실소를 터뜨렸다.

막을 수 없다는 것을 뻔히 알면서도 문에 마법까지 걸어놓다니… 발악이라고 하기에는 귀여운 수준이었다.

"어쩔 수 없군요."

결국 아폴레는 마나를 끌어올렸다.

리스네가 해제할 수도 있지만 그녀는 이세스를 사용했기에 겉으로 티는 안 내도 지쳐 있었다.

번쩍! 콰지직!

시전되어 있던 마법이 아폴레로 인해 해제됨과 동시에 문은 산산조각이 났다.

그와 함께 아폴레는 안으로 천천히 발걸음을 옮기다가 미간을 찌푸렸다.

응접실 안에는 왕을 비롯해 50명 정도의 인원이 자리하고 있었다. 그리고 반가운 얼굴도 몇 있었다.

한때 그녀의 제자이기도 했던 마법사 세 명이 왕을 지키고 있었던 것이다.

"오랜만이군."

아폴레는 미소를 지으며 인사를 건넸다.

"꼭 이러셔야 했나요!"

아폴레의 제자들 중 가장 나이가 많은 여인이 소리를 질렀다.

한때 자신들의 스승이었다. 때로는 무섭고 엄격했지만 존경하는 마음이 커서 모든 걸 다 이해할 수 있었다.

왕궁으로 자리를 옮긴 이후에도 자주 찾아가서 인사를 드리고는 했었다.

그런데… 왕이 되기 위해 이런 참사를 벌이다니?

눈으로 보고 있으면서도 현실이라는 사실을 부정하고 싶었다.

"세상은 변화가 필요하니깐."

"언젠가는 또 다른 변화가 오겠군요."

"그럴 수도 있겠지, 내가 죽은 뒤에는."

아폴레는 자신감이 가득 찬 채 말했다.

그녀의 말처럼 변화는 언제든지 찾아온다. 앞으로도 다른 누군가가 오늘처럼 변화를 꿈꾸게 될지도 모르는 일이다.

하지만 자신이 왕으로 있는 한… 그런 일은 생길 수 없다.

변화를 꿈꾸는 순간 시체가 되어 있을 테니깐.

"다른 아이들은 어디에 갔죠?"

그러다 무언가를 발견한 그녀가 불안함을 느끼며 아폴레에게 물었다.

아폴레의 등 뒤에 서 있는 제자들 중, 몇 명이 보이지 않았다.

"아… 그 아이들을 말하는 거냐?"

아무런 이유 없이 일부만 놔두고 왔을 리가 없었다.

특히 오늘 같은 일에 그녀는 자신의 제자들을 더욱 신뢰할 테니.

"쉬고 있다."

"쉬고 있다고요?"

"그래, 이 세상을 떠나서."

아폴레의 새하얀 이빨이 드러났다. 여자는 오싹, 소름이 돋았다. 무슨 뜻인지 단번에 알아차린 것이다.

"나는 거역을 용서하지 않는다."

"아아… 당신이란 사람은 정말…….."

여자는 충격받은 얼굴로 비틀거렸다. 과거의 제자들이었던 그녀들 역시 얼굴이 새하얗게 변했다.

자신의 뜻과 다르다고… 제자를 죽여 버리다니!

사람의 탈을 쓴 악마와 다름없었다.

"할 얘기는 다 끝났느냐? 그러면… 기다려라. 곧 그 아이들 곁으로 보내줄 테니."

그 말을 남긴 채 천천히 고개를 돌리는 아폴레.

곧 그녀의 시선에는 겁을 먹은 채 자신을 쳐다보고 있는 한 명의 남자가 들어왔다.

바로 리샤르의 왕, 이니르였다.

CHAPTER 09
최후

"잘 지내셨나요?"

"감히… 네년이 누구한테 말을 거느냐!"

아폴레가 이니르에게 눈을 고정시킨 채 얘기하자 옆에 서 있던 건장한 체격의 남자가 소리를 질렀다.

지금 상황에서 어떻게 저런 말을 할 수가 있다는 말인가! 더군다나 리샤르의 왕을 조롱하는 눈빛으로 쳐다보면서!

"감히 누구한테 함부로 입을 놀리는 것이죠?"

대답을 대신한 이는 리스네였다.

그녀는 평소와 다름없이 온화하고 다정함이란 가면을 쓴 채 웃는 얼굴이었다.

그렇지만 풍기는 분위기는 차가운 바람이 휘몰아쳤다.

"네년들에게 한 말이다! 리샤르의 공작이란 직위에 있으면서 폐하에게 모독을 주고 있는 네년들!"

남자는 물러서지 않았다. 평소 딱 부러지는 성격에 용맹한 그였다.

이니르가 곁에 있어달라고 하지 않았더라면 아까 전에 밖으로 뛰쳐나가 싸웠을 것이다.

"그래요? 후후, 스스로를 탓하세요."

리스네는 곁에 서 있는 카란을 쳐다봤다.

그러자 카란은 순식간에 그를 향해 파고들었다. 단번에 죽여 버리려는 것이다.

하나, 카란은 그의 목을 잘라내지 못했다.

파지직!

카란의 신형이 마치 벽에 부딪친 듯, 허공에서 뒤로 튕겨졌다.

아폴레의 얼굴이 묘하게 변했다. 재미있어 하면서도 짜증이 난 그런 표정이었다.

"고대의 마법이구나."

"당신에게 잘 배웠지. 처음 써보는데 쓸 만한걸?"

어느덧 아폴레의 제자는 존칭을 하지 않고 있었다.

이제는 더 이상 스승이 아니었다. 왕을 노리는 적일 뿐이다.

"시간을 끌겠다는 거야? 누구를 기다릴까? 혹시… 프리야?"

그 누구도 아무런 대답을 하지 않았다. 정답이었다.

남은 이들에게 유일한 구원은 프리야 공작이 돌아오는 것이었다.

그때까지 고대의 마법이 버텨줄지는 알 수 없지만.

"그래, 그를 기다리고 있었군. 하지만 너희들은 착각하고 있어."

아폴레가 안타깝다는 눈길로 그녀들을 바라봤다.

"프리야를 보낸 이유는… 그가 있으면 조금 더 귀찮기 때문이야. 무서워서가 아닌. 아참, 알고 있어?"

왕의 곁에 서 있는 여자들의 눈꺼풀이 파르르 떨렸다.

"고대의 마법을 해제시킬 수 있는 고대의 마법도 있다는 사실을?"

아폴레의 입가에 살기 어린 미소가 맺혔다.

"최상급 마나스톤이 허무하게 사라지는군."

그녀는 자신의 마나를 하염없이 끌어올렸다.

파아앗.

그리고 여자들이 펼친 고대의 마법을 마치 애초에 없었던 것처럼 증발시켜 버렸다.

"죽여, 왕과 그의 가족들을 제외하고."

그 말과 함께 접대실을 빠져나가는 아폴레.

곧 접대실에서는 비명의 세레나데가 피의 악기에 맞춰 연주됐다.

아폴레가 다시 들어갔을 때는 이미 모든 게 사라진 뒤였다.

그들의 실력도 뛰어났지만 아폴레와 리스네의 기사, 마법사들, 카란은 그들을 압도했다.

넌들이라며 욕을 하던 백작도, 아폴레의 제자들도 시체가 되어 찢겨졌다.

하지만 살아남은 귀족들도 존재했는데, 그들은 처음부터 아폴레, 리스네와 손을 잡은 자들이었다.

그래서 조금 전 전투가 펼쳐졌을 때에도 그들은 안쪽에서 자신을 동료라 믿고 있는 왕의 기사와 귀족들을 기습해 도왔다.

또한, 오늘 왕궁에 오지 않은 귀족들 중 절반은 이미 아폴레와 얘기를 마치고 일부러 찾지 않은 것이다.

오랜 시간 아폴레는 자신의 세력을 확고히 다져 왔다.

"사, 살려주게!"

왕의 울먹거리는 음성이 들렸지만 아폴레는 무시한 채 소파에 다가가 앉았다.

그리고 제자를 시켜 술과 술잔을 가져오게 했고, 무릎을 꿇은 채 자신을 올려다보는 왕을 안주 삼아 비우기 시작했다.

"아직 남아 있는 자들이 있을 거야."

어떻게 하라 명령 하지도 않았다.

하나 속내를 듣기라도 한 듯, 페이리와 아네뜨 등은 그녀의 기사들과 함께 접대실 밖으로 나갔다.

왕궁에는 하녀와 하인들이 수없이 많았다. 그들은 모두 두려움에 질려 꼭꼭 숨어 있을 것이다.

다 해치우라는 뜻이었다.

"이제 어떻게 할까요?"

"원하는 걸 모두 주겠네! 제발 목숨만……."

왕이 온몸을 부들부들 떨며 빌었다. 아폴레의 얼굴에서 웃음이 점차 사라졌다.

잊고 싶으나 잊을 수 없는, 지우고 싶으나 지울 수 없는 상처와 치욕이 떠오른 탓이다.

"마치 그때의 저 같군요."

"그, 그게……."

아폴레가 무슨 말을 하는지 잘 아는 그는 말을 얼버무렸다.

"기억나시나요?"

아폴레가 술잔을 바라보며 말했다. 그 붉은빛 술잔 속에 자신의 과거가 물결 쳤다.

어린 시절… 아폴레는 끔찍한 일을 저질렀다.

화가 났었다. 왜 자기를 돌아보지 않고 그녀를 바라보는지… 그녀가 하는 모든 걸 자신이 다 해줄 수 있는데!

그로 인해 친구이자 동료였던 그녀에게 저주를 걸었다.

단지… 그 남자를 빼앗기고 싶지 않았다. 설령 가질 수 없다고 해도.

그 후, 아폴레는 혼자가 된 남자를 가지기 위해 노력했다.

이제 그녀가 없으니 당연히 자신을 봐줄 것이라 믿어 의심치 않았다.

한데… 그 모든 게 아폴레의 착각이었다. 처음으로 누군가를 사랑하고, 원하게 된 그녀는 사랑이 어떤 것인지 모르고 있었다.

그는 혼자가 됐음에도 불구하고 자신에게 오지 않았다.

아폴레는 이해할 수 없었다. 부족한 게 없었다. 얼굴, 몸매, 실력… 그 어떤 것도 그녀보다 뒤처진다고 생각한 적이 없다.

더군다나 이제는 혼자가 아닌가… 거절할 이유가 없었다.

그런 아폴레에게 그가 말했다.

그녀가 버리고 떠났다 할지라도, 언제 다시 돌아올지 평생을 못 보게 될지 알 수 없다 하더라도… 기다리겠다고.

그녀는 곁에 없지만 그녀를 향한 마음은 여전히 심장 속에서 살아 숨 쉰다고.

아폴레는 인정할 수 없었다.

그를 얻기 위해… 사람으로서는 해선 안 될 짓까지 했다. 금지된 마법까지 쓰며 손을 더럽혔다.

더불어… 그가 그녀를 사랑하는 것처럼, 자신 역시 그를 사랑했다.

이대로 포기할 수도, 물러날 수도 없었다.

또 다른 남자가 나타나기 전까지는.

그의 이름은 이니르, 훗날 리샤르의 왕이 될 남자였다. 당시 아폴레는 왕궁의 마법사로 있었는데, 아폴레를 본 이니르는 첫눈에 반하게 됐다.

그래서 아폴레에게 적극적인 구애를 했다.

아폴레는 갈등했다. 여전히 목석처럼 무뚝뚝하게 대하는 그와, 자신을 사랑해 주며 왕이 될 이니르.

언제나 야망이 큰 아폴레에게 이니르는 흔들릴 수밖에 없는 유혹이었다.

결국 아폴레는 마지막으로 그를 찾아갔다.

당시에는 잘 마시지 않았던 술을 만취할 때까지 마시고 받아달라고 그를 유혹했다.

하지만… 그는 끝까지 아폴레를 거절했다.

아니, 아폴레뿐 아니라 다른 여자들도 마찬가지였다.

그의 마음은 한 사람밖에 사랑할 줄 몰랐으니까.

그로 인해 아폴레는 곧바로 이니르를 찾아가 그의 품에 안겼다.

보란 듯이 왕비가 되어 그를 내려다보고 싶었다. 그가 자신에게 고개를 숙이고 빌빌대는 모습을 꼭 보고 싶었다.

시간이 지났다. 아폴레와 이니르는 매일 밤마다 사랑을 나누며 미래를 약속했다.

그때에도 아폴레는 이니르를 사랑하지 않았다. 단지, 야망으로 인해 그에게 몸을 받쳤고, 마음을 주는 척 연기를 할 뿐이었다.

그러다… 예상치 못한 일이 생겼다. 아폴레에게 아이가 생긴 것이다.

아폴레는 기뻤다. 아무리 악한 여자라 할지라도 모성이 있는지, 아이가 생겼다는 것 자체가 좋았다.

물론… 그의 아이가 아니라는 사실로 인해 마음이 아프기는 했지만 어차피 이니르와 결혼할 예정이었다.

결혼을 한다면 아이를 낳는 일은 당연했으니.

단지 그 시기가 빨리 왔을 뿐이라 마음먹었다.

한데… 아폴레를 기다리던 건 축복이 아닌 시련이었다.

"뭐라고요?"

아폴레는 자신의 두 귀를 의심했다.

아이를 가졌다는 사실에도 떨떠름한 표정을 짓더니… 말도 안 되는 소리를 했다.

"헤어지자."

"도대체 왜요!"

아폴레는 받아들일 수 없었다. 왕비가 되기 위해 그 모든 걸 참았다.

더럽다고 느끼면서도 그의 품에서 신음을 흘렸고, 사랑하는 척 연기했다.

그리고 이제 아이까지 생겼는데… 헤어지자니?"

"여자가 생겼다."

"……."

"그 여자와 결혼할 거다. 미안하다."

아폴레는 말문이 막혔다. 내심 죽여 버릴까? 고민이 들 정도였다.

자신이 버려지다니……. 하, 하하… 헛웃음이 새어 나왔다.

그가 무언가를 내밀더니 돌아서서 걸어갔다.

다리에 힘이 빠져 주저앉은 아폴레는 상자를 열어봤다. 보석함이었다. 그 속에는 진귀한 보석이 다섯 개 들어 있었다.

그 하나만으로도 작은 성 하나를 살 수 있을 정도의 값어치.

한마디로 보석을 가지고 귀찮게 하지 말라는 뜻이었다.

"아이는요!"

멀어져 가는 그에게 아폴레는 소리를 질렀다. 그러자 이니르는 우뚝 멈추더니, 무심한 목소리로 말했다.

"지워."

아폴레는 혼자서라도 아이를 낳아 키우고 싶었지만… 강제로 지울 수밖에 없게 됐다.

그날 이후 아폴레는 넋을 잃고 지냈다.

술을 매일 입에 대기 시작했으며, 매일 끓어오르는 증오와 분노에 잠을 설쳤다.

죽인다! 죽인다! 죽인다!

살심이 심장의 깊숙한 부분에서부터 끓어올랐다. 하지만 그럴 수 없었다…….

당시 그녀의 실력으로는 불가능했으며, 집안의 힘으로도 마찬가지였다.

귀족과 왕족의 차이는 평민과 귀족처럼 천지차이였다.

상처를 받고도 오히려 그의 눈치를 봐야 하는 게 현재 그녀의 입장이었다.

하루하루 시간이 지날수록 아폴레는 점점 평정을 찾아갔다.

마음은 지독하게도 괴롭고, 아이를 향한 죄책감에 시달렸으나… 적어도 자신을 위한 판단은 할 줄 알게 됐다.

아폴레는 알고 있었다.

아이를 지운 그때부터 감시가 붙고 있다는 사실을.

주목을 받는 마법사이고, 귀족 가문이며 한때 자신의 여자였기에 살려주지만… 만약 자신을 위협하는 일을 벌인다면 분명 언제든지 죽일 것이다.

복수를 하고 싶다. 그러나 지금 당장은 할 수 없다.

강해져야 했다. 태연해야 했다. 그의 걱정에서 벗어나야 했다.

마음을 굳힌 아폴레는 거짓의 가면을 뒤집어썼다.

다시 웃기 시작했으며, 매일 마법 수련에 매진했다. 그의 얘기가 들려도 아무렇지 않은 듯 반응했다.

주변의 모든 이들을 그의 감시자라 생각하자고 마음먹으면서 변하고 또 변했다.

그뿐 아니라 이 남자, 저 남자와 잠을 자면서 몸도 하염없이 더럽혔다.

자신에게 그는 더 이상 존재하지 않는 것처럼 보이기 위해.

그제야 이니르는 내심 안도하며, 아폴레에게 편하게 대했다.

아폴레 역시 티내지 않으며 그의 기분을 맞춰주고 마법사로 성장했다.

시간이 흘렀다. 이니르는 어느새 왕의 자리를 물려받았고, 결혼도 한 상태였다.

그러다 왕비가 아이를 가지게 되자 기뻐하면서도 한편으로는 불안했다.

정말 아폴레가 다 용서했을까? 그녀가 자신한테 앙심을 품고 있지는 않을까?

결국 그는 아폴레를 불러 계약을 맺게 됐다. 일명 주종의 계약.

서로가 동의를 해야만 이뤄질 수 있는 계약으로, 종이 된 아폴레는 주인 이니르에게 해를 끼칠 수가 없었다.

물론, 주인 이니르는 종인 아폴레를 죽여도 아무런 제약을 받지 않는다.

아폴레는 순수히 그 제약을 받아들였다.

그의 목숨을 빼앗고, 이 나라를 가질 그때까지… 그를 안심시키기 위해.

그리고 오늘이 찾아왔다.

"다들 나가 있어."

무언가를 말하기 전에 아폴레는 술잔에서 눈을 떼지 않은 채 말했다.

그러자 리스네를 제외한 모두가 접대실 밖으로 나갔다.

리스네는 무슨 얘기를 하려는지 알고 있었다. 그렇기에 아폴레 역시 리스네가 남아도 아무런 지적을 하지 않았다.

"우리의 아이도 살고 싶었을 거예요."

"……."

이니르는 아무런 말을 할 수 없었다.

지금 이 상황에서는 무슨 말을 해도 독이 되리란 사실을 알고 있었다.

"왜 그렇게 놀란 표정을 지어요? 모르셨어요?"

아폴레가 왕비를 보며 짓궂게 말했다.

하나, 입가에 맺힌 웃음과는 달리 그녀의 눈동자는 증오와 슬픔에 휩싸여 있었다.

"모르셨겠죠. 모두에게 비밀로 하고 싶어했으니……. 아이까지 무참하게 죽이면서."

"저 말이 사, 사실인가요?"

"지금 그게 중요한 게 아니잖소!"

이니르는 떨리는 목소리로 묻는 왕비에게 버럭 화를 냈다.

강자한테는 약하고 약자한테는 강한 전형적인 타입이었다.

그런 다음 아폴레의 눈치를 한 번 살핀 후 이마가 바닥에 닿을 정도로 숙였다.

"그때는 내가 생각이 짧았네. 제발… 용서해 주게."

"지금 중요한 게 뭔지 알아요?"

아폴레가 이니르에게 천천히 다가갔다. 그리고 평소처럼 요염함이 아닌… 환하게 웃었다.

"당신이 한 짓은 사라지지 않는다는 거예요."

찰싹!

"아악!"

왕비의 비명이 울려 퍼졌다. 아폴레가 있는 힘껏 따귀를 때린 것이다.

"감히, 누구한테!"

그러자 1왕자가 순간적인 울분을 참지 못하고 고함을 쳤다가 자신의 실수를 깨달았다.

하나 엎질러진 물은 주워 담을 수 없었다.

"아이를 지키고 싶었어요. 그 아이만큼은 꼭 지켜주고 싶었어요……."

아폴레의 눈빛이 점점 살벌해졌다.

1왕자는 두려움에 오줌이 지릴 지경이었다.

"그런데… 감히 제 아이를 죽였어요. 그리고 감히 그의 아들이 소리를 치네요. 기억하세요. 당신은 이제 왕자가 아니에요. 저자도 왕이 아니고, 저년도 왕비가 아니죠. 당신의 동생도 2왕자가 아니고요……. 당신은 지금 감히 왕에게 소리를 질렀어요?"

푸슈욱!

"으, 으아아악!!"

1왕자는 죽기 직전 멱따는 음성으로 울부짖었다.

순식간이었다. 아폴레의 손에서 마법이 시전됨과 동시에 1왕자의 왼쪽 손이 산산조각 나버렸다.

"어머, 우시는 거예요? 안 돼요. 이제 시작인걸요?"

"자, 잘못했어요! 그, 그만! 아악!"

1왕자의 절규에도 불구하고 아폴레는 자비를 두지 않았다.

그녀는 1왕자의 몸을 공중에 띄워 벽에 부딪치기를 반복했다.

한 번 부딪칠 때는 비명을, 두 번째는 피를, 세 번, 네 번…

반복되다 보니 1왕자는 점점 의식을 잃어갔다.

그러면 지독함이 서린 자비를 베풀어 그의 몸을 치료했고, 정신이 들게 했다. 그리고 깨어나면 반복했다.

왕과 왕비의 통곡은 그녀에게 찬가로 들렸다.

즐거웠다, 기뻤다, 행복하다. 피가 튈 때마다, 그의 아들이 아파할 때마다, 맺혀 있던 무언가가 내려가는 기분이었다.

빠지직!

이번에는 멈추지 않았다.

그 결과로 1왕자의 머리는 벽을 이기지 못하고 터져 버렸다.

하나 그럼에도 아폴레는 계속해서 그의 육체를 벽에 세차게 부딪쳤다.

팔, 다리가 부러지고 몸이 뒤틀렸다.

"하하, 아하하!"

아폴레의 광기 서린 웃음이 접대실 안을 지배했다.

그렇게 얼마의 시간이 흘렀을까?

1왕자의 육체가 사람이라고 알아보기 힘들 정도로 고깃덩어리가 됐을 때, 아폴레는 한숨을 크게 내쉬며 이번에는 2왕자를 바라봤다.

"저, 저는……."

"그대도 저자의 핏줄입니다."

"제가 그런 것도 아닌데……."

2왕자는 말조차 제대로 잇지 못했다.

왕자로 태어나 언제나 부와 권력이란 기쁨 속에서만 살아왔
다.

그 누구도 함부로 대하지 않았고, 자신은 멋대로 해도 이해
됐다.

그렇기에 더욱 겁을 먹을 수밖에 없었다. 온실 속의 화초를
갑자기 꺼내 태풍의 눈에 집어 던진 것과 같은 형국이었다.

"시작할까요?"

"으악! 아아악! 제발! 제발!"

"시끄럽군요……."

아폴레는 손을 들어 올렸다.

트트트특!

"끄억… 끄억……."

2왕자는 소리도 제대로 내지 못한 채 동공이 커졌고, 피와
침을 질질 흘렸다.

아폴레가 이빨을 다 뽑아버린 것도 모자라 삼키게 했기 때
문이다.

"아직 멀었어요."

콰지직!

아폴레의 발이 세차게 2왕자의 손가락을 밟았다. 뼈가 단번
에 부러졌다. 마나를 이용했기에 그의 손가락이 견딜 수 없었
다.

"그, 그만해줘요… 제발! 차라리 저를 죽여요!"

보다 못한 왕비가 2왕자의 앞을 자신의 몸으로 막아섰다.

아폴레의 미간이 찌푸려졌다.

"당신은 다음 차례이니 기다리세요."

"싫어요… 더, 더 이상 볼 수 없어요!"

그녀는 온몸을 바들바들 떨면서도 아폴레의 눈동자를 피하지 않았다.

아폴레는 쓰게 웃으며 의자로 힘없이 걸어가 술을 따랐다.

시선을 떼도 왕비의 눈동자가 계속해서 머릿속을 맴돌았다.

익숙한 듯한 눈빛… 아이를 지키려고 할 때의 자신의 눈과 똑같았다. 자식만은 어떻게든 지키려던 어머니의…….

비록 자신은 지키지 못했지만. 그리고 그녀도 지킬 수 없겠지만.

"즐길 기분이 사라졌어."

아폴레는 그 말과 함께 가득 따른 술을 한 번에 들이켰다.

그녀의 붉은 입술에서 새어 나온 술이 흘러내려 손등에 떨어졌다.

그게 신호라도 된 듯 2왕자의 몸이 점점 허공으로 떠올랐다.

"어, 어… 어머니! 아버지!"

2왕자는 다급히 자신의 듬직하고도 영원한 울타리라 여겼던 부모를 찾았다. 하나 지금의 상황에서 그들이 해줄 수 있는 것은 없었다.

이니르는 이젠 거의 혼이 나가 귀를 막고 괴성을 질러대고 있었고, 왕비만이 힘이 풀린 다리를 겨우 움직여 아들의 몸을 붙잡았다.

설령 죽게 된다 할지라도… 자식이 죽어가는 모습을 가만히 보고만 있을 수 없었다.

"우리가 왜 이렇게 됐을까……."

누구에게 하는 말인지 알 수 없는 얘기를 중얼거린 아폴레는 모자를 씁쓸한 눈길로 쳐다봤다.

그리고 망설임없이 마법을 시전했다.

푸하앗!

곧 둘의 몸은 산산조각이 되어 이니르의 머리 위로 비가 되어 떨어졌다.

"히익, 히이익……!!"

이니르는 신음과 함께 자신의 손바닥을 쳐다봤다.

붉은색의 피, 피에 젖은 붉은 살점, 미끄덩거리는 장기들… 자신을 쳐다보는 왕비의 눈알.

그 속에서 제정신을 유지하기란 불가능했다.

아니, 미치지 않으면 오히려 비정상일 정도로 두려움과 공포, 슬픔, 분노… 모든 게 하나되어 의식을 앗아갔다.

"나는 나가도록 하지."

아폴레는 그런 이니르를 물끄러미 바라보다 리스네에게 말한 뒤, 밖으로 걸음을 옮겼다.

자신 역시 이니르에게 가장 큰 증오가 맺혀 있으나 그의 자식과 아내에게 어느 정도 해소했다.

하나 리스네는 아직 깊은 원한을 아무것도 풀지 못했기에 양보해 준 것이다.

"그날… 저희 어머니를 어떻게 죽이셨나요?"

"흐윽… 아아……."

리스네는 그녀답지 않은 슬픈 눈동자로 이니르를 주시했다.

고작 이런 사람한테 자신의 어머니가 죽었다는 사실이… 서글프게 다가왔다.

"당신은 한 나라의 왕이었어요. 왕비가 계셨고… 왕자님들도 있었죠. 꼭 저의 어머니까지 탐하셔야 했나요? 그분에게도 남편이, 아들과 딸이 있었는데… 그 남편은 당신의 신하였는데!!"

리스네가 자리에서 벌떡 일어섰다.

"왜 그랬어… 도대체 왜! 왜에!!"

그토록 꿈꿔왔다. 왕을 처참히 죽이고 이 대륙의 1등이 되겠다고.

다시는 그 누구에게도 상처받지 않고, 무시당하지 않으며, 패자의 아픔을 느끼지 않겠다고.

한데… 정작 왕을 죽일 기회가 오니 가슴이 답답했다.

죽일 가치도 없는 존재… 리스네에게 이니르는 그런 사람이었다.

“제 말 들리지도 않죠……?”

이니르는 아예 미쳐 버린 것 같았다.

단지 숨 쉬는 것 자체가 두려움인 그는 조금 전 이 안에서 일어났던 일들을 반복해서 보고 있을지 모른다.

“그래요, 더 이상 길게 말하지 않을게요.”

리스네는 마나를 서서히 모았다.

“고마워요. 당신으로 인해… 저는 일찍 새롭게 태어날 수 있었어요.”

리스네는 그때를 떠올렸다.

어린 시절… 영특하기는 했어도 상처를 주고 입히는 건 싫어했다.

작은 것에 기뻐할 줄도 알았고, 피해를 줄 바에는 자신이 혼자 속앓이 하는 것이 더 나았다.

그러나… 어머니가 죽으면서 그녀의 삶은 붙잡을 틈도 없이 깨져 버렸다.

“변명이에요.”

리스네가 실소를 흘렸다. 이니르는 여전히 아무 말도 들리지 않는 듯 벽을 보고 괴로워하며 울고 있었다.

“제 속에는 악마가 숨 쉬고 있었어요.”

리스네가 문을 향해 돌아섰다.

그래, 그랬다. 어린 시절에는 보지 못했을 뿐이었다.

영혼 밑바닥에 숨어 틈을 노리고 있어서 미처 알아차리지 못했을 뿐이었다.

그러다 어머니가 돌아오지 않게 된 그날… 잡아먹혔을 뿐이다.

힘겹게 거부하다 먹히나, 쉽게 먹히나… 길이 다를 뿐, 도착 지점은 같았다.

리스네는 그렇게 믿었다.

최후의 수단으로 언제나 프리야를 제물로 계획하고 있었던 자신.

그에 합당한 대가를 줬지만 은인과 다름없었던 시드를 단검으로 찌른 자신.

그때의 모습을 보고 그렇게 깨달았다.

자신은… 태어난 그 순간부터 악마였다고.

단지 어린 시절… 잠시나마 악마가 아닌 꿈을 꿨을 뿐이라고.

철거덕.

리스네가 문손잡이를 돌리며 작은 목소리로 말했다.

"잘 가요……."

그 말을 마지막으로 접대실을 나가는 리스네.

그 순간 그녀의 손에서 타오르는 불꽃이 이니르를 향해 달려들었고, 그의 몸은 불길에 휩싸였다.

"크악! 아아악!"

이니르는 바닥에 몸을 뒹굴었다.

정신을 차린 것은 아니지만 살기 위한 본능적인 몸부림이었다.

하지만… 몸에 붙은 불꽃은 아무리 시간이 지나도, 무슨 짓을 해도 꺼지지 않았다.

4대 왕국이며 마법의 나라라 불리는 리샤르!

그곳의 중심이자 왕이었던 이니르의… 비참한 최후였다.

*　　　*　　　*

"괜찮겠죠……?"

시드와 벨케, 에스가 떠난 바에튼의 저택.

메리아가 손톱을 깨물며 불안한 목소리로 중얼거렸다.

"걱정하지 마! 벨케, 에스님도 같이 가셨잖아!"

평소라면 이때를 틈타 메리아를 껴안고 했을 법한 트라이가 떨어진 채 그녀를 위로했다.

하나, 메리아의 걱정은 쉽게 사라지지 않는 듯했다.

"메리아야, 벨케는 이 대륙 누구보다 강하단다. 그가 함께 있다면 어떤 일이 생겨도 무사할 테니 이 할애비를 믿거라. 잠시 나가서 바람을 쐬는 게 어떻겠느냐?"

그런 메리아에게 바에튼이 인자한 목소리로 말했다.

그러자 벨트라와 스피네가 메리아에게 다가가더니 샤인과 함께 밖으로 나갔다.

혼자서 자꾸 안 좋은 생각을 하면 끝도 없을 테니.

타아악.

"부딪치지 않으면 좋으려만……."

메리아가 나가고 문이 닫히자 바에튼이 술로 목을 축이며 솔직한 심경을 털어놓았다.

"할아버지… 그게 무슨 말이에요?"

시란이 눈을 동그랗게 뜨며 물었다.

그녀에게 있어 시드는 대단히 강했다.

벨케 역시 마탈 급이 아니라면 시드를 이길 수 있는 상대가 없을 것이라고 말했고.

또한, 벨케는 대륙 전체에서도 그 누구도 이길 수 없는 존재라 들었다.

한데… 부딪치지 않으면 좋겠다니.

시란은 자리를 비웠었기에 정확한 사정을 잘 몰랐다.

"반란이라면 분명 아폴레와 리스네일 것이다. 둘이 함께가 아니라면 주동자가 다른 공작도 핑계를 만들어 자리를 비우게 했을 테니. 또한 그 셋 중 한 명이 아니라면 불가능한 일이고……. 그렇기에 그들이라 할지라도 위험하다. 전에 만난 적이 있다고 했지?"

바에튼이 묻자 배커스가 묵직한 고개를 끄덕였다.

"당시 위험했다고 들었다……. 아폴레는 그 자리에 없었음에도."

남은 시멘 용병단은 고개를 숙였다.

자신들은 그날 아무런 도움이 되지 못했었다.

"그런데 지금은 그때의 규모와 비교할 수가 없겠지. 벨케가 말했던 이세스의 플루닉과 그 남자도 당연히 있을 테고…….

거기에 아폴레와 수많은 기사, 마법사, 병사들도 있을 것이다. 프리야가 합세한다 해도 오늘은 부딪치면 안 돼……. 승산이 없을 뿐 아니라 목숨조차 장담할 수 없다…….”

바에튼의 발언에 시란의 얼굴은 새하얗게 질렸다.

자신의 할아버지는 언제나 신중한 사람이었다.

항상 몇 번이나 생각하고 말을 하는 편이었으며 추측을 할 때는 확신하지 않는 이상 말을 꺼내지 않는다.

그래서 추측을 내놓으면 대부분 진실이었다.

“이제라도 따라가 봐야 할까요?”

스크푸가 초조하게 묻자 바에튼은 고개를 저었다.

가봤자 자신들이 따라잡기에는 늦었다. 더불어 짐밖에 되지 않는다.

“기다리세. 그들이 적들과 만나지 않기를 기도하며…….”

바에튼의 저택에 무거운 침묵이 흘렀다.

프리야 공작은 더욱더 힘을 내 속도를 올렸다. 드디어 왕성이 시야에 들어왔다.

‘부디!’

마지막으로 간절함을 담아 마음속으로 외친 그는 왕궁을 향하는 언덕을 지나 입구에 다다르자 발걸음을 죽이며 귀를 기울였다.

아무런 소리가 들리지 않는 적막이었다.

하지만 코를 찌르는 피비린내를 맡을 수 있었다.

부들부들!

프리야 공작의 전신이 떨렸다.

오랜 시간 전장에서 살아온 그는 이 정도의 진한 농도라면 얼마나 많은 생명이 희생됐는지 잘 알았다.

'주군, 주군!'

프리야 공작은 검을 뽑아 들며 다급히 왕궁 안으로 들어가려 했다.

그때였다. 등 뒤에서 누군가가 그를 불렀다.

"프리야 공작님."

프리야 공작은 경계심을 가지며 다급히 돌아봤다.

그러면서 한편으로는 적이 아닐지도 모른다고 판단했다.

살기가 전혀 느껴지지 않았으며, 적이라면 기습을 했을 테니깐.

"접니다."

터벅터벅.

발자국 소리가 가까워졌다. 프리야 공작은 두 눈에 마나를 운용해 어둠 속이지만 상대를 또렷이 확인했다.

"호, 혹시……?"

프리야 공작의 두 눈동자가 급격하게 흔들렸다.

그는 믿을 수 없다는 듯 세차게 눈을 비빈 후, 다시 쳐다봤다.

하지만 잘못 본 게 아니었다. 그 시절과 많이 변하기는 했지만… 분명 흔적이 남아 있었다.

처음으로 제자로 받아들이고 싶었던 소년!

"오랜만입니다, 공작님. 5년 만이군요."

어느덧 프리야 공작의 바로 맞은편에 선 남자, 그는 바로 시드였다.

"도대체 어떻게 된 건가……. 자네가 어찌 여기를, 아니, 그동안 어디에 있었다는 말인가……."

프리야 공작은 머릿속이 복잡해지는 것을 느끼며 무슨 말을 하는지도 모른 채 질문을 쏟아냈다.

그러자 시드는 손가락을 세워 입술에 갖다 댔다.

"일단 저를 따라오세요."

프리야 공작은 그 이유를 알아차리며 따라가려다 걸음을 멈췄다.

"안 되네. 나는 주군에게 가봐야 하네."

시드는 쓴 웃음을 지었다.

프리야 공작이라면 분명 저럴 것이라 확신했었는데 역시나였다.

하나… 자신은 그를 구하기 위해서 온 것이다.

죽도록 내버려 둘 수 없었다. 프리야 공작은 물론 벨케와 에스, 자신이 힘을 합쳐도 지금은 이길 수 없었다.

"죄송하지만… 저와 가셔야 됩니다."

"무슨 소리인가?"

상황이 상황인지라 프리야 공작은 시드의 태도가 못마땅하면서도 목소리는 최대한 낮췄다.

"늦었습니다."

"늦다니?"

"지금 가도… 달라지는 건 없습니다."

시드는 프리야 공작이 도착하기 10여분 전에 와서 프리야를 기다렸다.

안으로 들어가고 싶기도 했지만 괜한 호기심에 목숨을 잃거나, 벨케와 에스를 위험하게 만들 수 없었다.

물론, 만약을 대비해 에스가 근처에 언제든지 텔레포트를 할 수 있는 마법진을 완성시켜 놓은 상태이긴 했지만 안전을 확신할 수는 없었다.

"나는 가봐야 하네. 내 눈으로 확인을 하고… 주군을 지켜야 하네."

"그들의 전력이라면 이미 모든 게 끝났다고 봐야 합니다."

시드는 프리야 공작이 괴로울 것이라는 사실을 알면서도 냉정하게 얘기했다.

아폴레, 리스네의 세력, 이세스와 카란. 도움을 받을 수 없는 상태인 왕궁, 갑작스러운 기습.

또한, 그날 본 키메라와 괴물 같은 존재들.

시드는 그들이 오늘을 위해 만들어졌다고 판단했으며, 그 모든 힘이 한 번에 덮쳤다면… 순식간이었을 것이다.

"아니네, 내 눈으로 직접 확인하기 전까지는 인정할 수 없네……!"

"거참, 말이 안 통하는 놈이네."

시드가 프리야의 고집에 난감해할 때 상황을 지켜보던 벨케가 결국 참지 못하고 앞으로 나섰다.

시간을 오래 끌수록 좋을 일은 없다.

그들이 언제 나올지 알 수 없는 노릇이니깐.

"뭐, 뭐냐?"

갑작스럽게 바로 옆에 나타난 벨케로 인해 프리야는 미간을 좁혔다.

이토록 바로 곁으로 누군가 접근했음에도 알아차리지 못한 경우는 처음이었다.

"혼란스럽겠지. 이 모든 게 어찌 된 일인지도 모를 테고. 일단은 따라와라, 죽고 싶지 않다면."

벨케의 직선적인 말투에 프리야는 울컥했지만 꾹 눌러 참았다.

더불어 시드에게 기다리라는 말과 함께 안으로 들어가기 위해 몸을 돌렸다.

그러자 시드가 한숨과 함께 중얼거렸다.

"죄송합니다, 공작님……."

퍼어억!

"아… 아아……."

프리야 공작은 순간적으로 밀려오는 엄청난 통증과 압박에 신음 소리조차 제대로 내지 못했다.

벨케가 주먹에 짧은 순간 마나를 끌어올려 가격한 것이다.

하나 마탈 급의 이름을 보여주듯 프리야 공작은 기습에도 쓰러지지 않은 채 정신을 차리려 노력했고, 결국 에스까지 나서서 정신을 완벽히 차리기 전에 마법을 걸어 겨우 두 눈을 감게 할 수 있었다.

"휴우, 고집하고는."

벨케는 실소를 흘리며 얼른 프리야 공작을 한쪽 어깨에 걸쳤다.

일단 이곳을 벗어나는 게 급선무였다.

'프리야……'

마법진에 도달한 에스는 마나를 불어넣으며 프리야의 얼굴을 쳐다봤다.

이전에도 몇 번 그를 스쳐 지나가며 본 적이 있었다.

그는 자신을 알아보지 못했지만… 그녀는 그때마다 눈동자와 마음, 영혼에 깊게 새겼었다.

가슴이 떨려왔다. 심장이 저려왔다. 슬픔이 밀려왔다.

그를 보기만 하면 주체할 수 없는 감정의 충돌이 감당되지 않았다.

"하아아……."

에스의 호흡이 격하게 떨렸다.

하지만 그녀를 재촉하는 벨케로 인해 곧 마음을 다잡으며 텔레포트를 시전했다.

곧 그들은 빛무리에 휩싸였다.

아폴레는 리스네와 함께 왕궁 가장 위층에 올라가 술잔을 나누며 아래를 내려다보고 있었다.

수하들이 어느덧 시체를 모두 치우고, 핏자국과 냄새 역시 지운 상태였다.

사아아.

찬바람이 불었다. 아폴레는 바람을 느끼며 두 눈을 감았다.

드디어 모두 끝났다. 아직 프리야가 남아 있지만 그 혼자는 이세스 없이도 충분히 쓰러뜨릴 수 있었다.

"응?"

그 순간이었다.

리스네와 잔을 부딪치려던 아폴레의 고개가 왕궁을 올라오는 언덕으로 향했다.

언덕 양 옆으로는 숲이 존재했는데 그곳에서 아주 짧은 순간 마나의 파동이 있었다.

다만 거리가 있어 확실하지가 않았는데, 또다시 마나가 감지되자 아폴레는 서둘러 마법을 시전해 그곳으로 향했다.

분명 누군가 있었다.

아폴레의 행동으로 집중하고 있던 리스네 역시 두 번째의 마나 파동을 느끼며 뒤따랐다.

스파앗!

　그들이 숲에 도착했을 때 마나와 함께 빛이 잠시 번쩍하고
사라졌다.
　그리고 아폴레와 리스네가 마법진에 도착했을 때는 아무도
존재하지 않았다.

『시드』 5권에 계속…

少林棍王
소림 곤왕
한성수 無俠 판타지 소설

야차(夜叉) 新무협 판타지 소설

귀도풍운

원수를 가르치고 원수에게 배워…
서로의 심장에 칼을 겨누는 것이
숙명인 저주받은 도법,

수라도(修羅刀)

그 기원을 알 수조차 없을 만큼 수많은 세월을 이어져 내려온 이 도법은
새로운 피의 숙명을 잉태하였다.

저주받은 피의 고리를 끊어버릴 것인가,
체념한 채로 운명에 순응할 것인가.

유행이 아닌 자유추구 -
WWW. chungeoram.com
Book Publishing CHUNGEORAM